小説

品川心中《しながわしんじゅう》

著◉坂井希久子
監修◉柳家喬太郎

二見書房

小説

品川心中

坂井希久子

目次

装画◉松浦シオリ
装幀◉岡本歌織（next door design）

一　めぐる日の

ざぶん、ざぶんと寄せては返す波の音は絶え間なく、晴れた日には二階から安房上総《あわかずさ》がひと目で見渡せる。

海に臨めば背後は桜の御殿山《ごてんやま》。北の吉原《よしわら》、南の品川《しながわ》と並び称される品川遊郭。中でも徒歩新宿《かちしんしゅく》の白木屋《しろきや》といえば、一、二を争う大見世である。一番人気の板頭《いたがしら》を張る女郎お染《そめ》は、齢《よわい》十八の花盛り。

手の上げ下げや、首をちょいと傾《かし》げる仕草。笑えば愛嬌《あいきょう》の八重歯が零《こぼ》れ、鈴を転がすよな声で「誰それさん」と名でも呼ばれりゃ、男はたちまち腰砕け。赤ん坊を転ばすよりも簡単に、ころりころりと転んでく。

こっちに笑いかけておくれ、いやいや、こっちと、連日の大賑《おおにぎ》わい。

客の待つ部屋から部屋へと、急ぐ姿は蝶《ちょう》のよう。分厚い上草履がパタリパタリと鳴る音に、一人寝で待つ男はいよいよ来たかと胸を躍らす。

さあさこちらへと引き寄せれば、しなしなと寄り添う女の体。薫物がふわりと香り、「やだよ、お前さん」と、微笑む顔の艶《えん》なるかな。

「やっぱりお染だよなぁ。気の強ぇ女だが、後朝《きぬぎぬ》の別れにゃ『わっちを忘れないでおくれよ』と涙まで浮かべやがる。ありゃあ、後ろ髪を引かれるねぇ」

誠なき涙も使いよう。手紙などもまめまめしく、流れるような手跡《て》で『会いたい』と書いてやれば、芝増上寺《しばぞうじょうじ》の坊主も袈裟《けさ》を脱ぎ捨て飛んでくる。

この世をば我が世とぞ思う盛況ぶりで、紋日《もんび》の拵《こしら》えなどもまぁ華々しく、朋輩や店の者にまでご祝儀の大盤振る舞い。

いきおい「姐《ねえ》さん、姐さん」と、懐く者が増えてゆく。

「姐さん、いいの。わっちにまで、立派な簪《かんざし》なんぞを」

感極まって声を震わすのは、見世に売られて一年と経《た》たない妹分のこはる。江戸の外れの農家の出とて色は浅黒く、芋の子のような顔に紅珊瑚《べにさんご》の簪は似合わない。

それでも生まれついての女心か、はじめて手にする海の宝玉に、目が釘《くぎ》づけになっている。きっと売られたばかりのころの己も、同じような顔をしていたろう。お染は顎を反らせぎみに、鷹揚に手を振って見せる。

「いいってことさ。一年目の新造には、簪と決めてあるの。取っておきな」

他の朋輩や若い衆、遣り手には揃《そろ》いの浴衣。布団も秋らしく真綿のたっぷり詰まった紅葉柄に作り替え、本部屋ではお披露目の真っ只中だ。景気のいいことこの上ない。

「お染さんエ、お染さんエ」

そうこうするうち若い衆の喜助《きすけ》が、客の登楼を報せにくる。懐にたんまりと、伽羅《きゃら》を呑《の》んだ上客だ。

「まったく、忙しないったらありゃしない」

愚痴をこぼしつつも、お染は軽やかに身を翻し、上草履を鳴らして先を急ぐ。

そんなころも、たしかにあった。

行灯の油が少ないのか、灯心がジジジと音を立て、黒い煙が上がっている。

それでも見世の若い衆は、油を足しにこようとしない。お染は座りっぱなしで癖がついた仕掛の皺《しわ》に、恨みがましく目を落とす。

玄関を入ってすぐ左の、一段高くなったところ。白木屋ではそこに張り見世の格子がある。格子の内に見世の女が、稼ぎのいいのから順にずらりと並ぶ。同じ順番で背後の壁にも、女郎の名を書いた板が吊《つ》り下げられていた。

その左端が、長らくお染の居場所であった。飛ぶ鳥を、落とす勢いの板頭。それが去年の暮れごろから、ずるずると右にずれていっている。今やお染は張り見世の中ほどに、所在なく座っていた。

左右の女郎は皆売れて、残っているのはお染と、右端に座る乱杭歯《らんぐいば》の女だけ。口を閉じてりゃまだ見られる顔だが、たまに目が合うと歯茎を剝《む》き出しにして笑いかけてくる。このところ下から数えて一番か二番をうろうろしている、おりくである。

親しみのこもった笑顔が業腹《ごうはら》で、お染はふんとそっぽを向いた。

チョンチョンチョンチョンと、拍子木が四つ鳴れば引け四つ（深夜十二時ごろ）の合図。台屋に頼んだ台の物（料理）を下げて、見世の大戸を閉めてしまう。引け過ぎに来る客があれば、潜り戸を開けてやるのである。

張り見世も、これで仕舞いだ。若い衆の喜助が、「お染さん、おりくさん、そろそろ」と呼びにくる。

おりくなどは慣れたもので、「はぁい」と返事をして引け部屋へと下がって行った。部屋を与えられぬ女郎が、雑魚寝をする八畳二間。朋輩が客を送り出して寝にくるまでは、おりくの一人寝である。

お染もまた、仕掛の裾を捌《さば》いて立ち上がった。

暮れ六つから張り見世に座り続けていたものだから、少しばかり膝が痛む。

人気の陰りは、客の名を書き連ねた玉帳を見るまでもなく身に沁《し》みている。だが初会の客はおろか、ことを済ませたいだけの床買いすらつかなかったのは初めてだった。

後ろに引きずる仕掛が、やけに重い。それでも義理を欠くわけにはいかぬ。

玄関の土間から上がってすぐ右が見世の帳場。その隣が酒の燗《かん》をつけるお燗場で、さらにその奥が楼主のいる内所である。お部屋とも呼ばれ、台所と繋《つな》がっている。

お染が顔を出すと、帳場格子の向こうに楼主が生まれつきの閻魔《えんま》様のごとき相貌で座していた。背後には神棚を背負っており、いやに仰々しい有様である。

ありがたいやら、恐ろしいやら。楼主となにやら話し込んでいたらしい遣り手が、こちらに気づいて口をつぐむ。お染はサッと衣擦《きぬず》れの音を立て、畳に膝と手をついた。

「今宵はまことにどうも、あいすみませんでした」

詫《わ》びるお染に楼主は目を合わさず、「ん」と短く応えただけで、煙管《きせる》に刻みを詰めている。

「なにやってんだ」と責められるより、客がつかぬ惨《みじ》めさが身に沁みた。

厳《いか》めしい顔つきと口数の少なさのため、相対するといまだに肝が縮み上がるのだが、楼主は実直な男だ。妓楼《ぎろう》には妓《おんな》がいなければはじまらないのだからと、女郎の食べる物にまで気を配る。たっぷりの炊きたての飯と、豆腐の味噌汁。それから香の物の他に、必ず一品お菜がつく。余所から移ってきた女郎などは、「ありがたいことだ」とお膳を前に長々と手を合わせていたものである。

そして女郎と同じものを、楼主も食べた。自分では決して贅沢《ぜいたく》をせず、内所で締めている角帯はよく見れば擦り切れているほどなのに、たとえば出入りの職人が病気をすると、普段どおりに働いたことにして手間賃をつけてやる。見世を支えてくれる者のためには、金を惜しまぬ人だった。

その姿勢を見習って、お染も自分のために働いてくれる若い衆などには心づけを弾んできた。だが近ごろは懐具合が寂しくて、「気前のいい姐さん」を気取るのも難しくなっている。貧すれば鈍するとはよく言ったもの。売れぬ女郎のおりくにまで、冷たい態度を取ってしまった。

「お先に失礼いたします」

深々と頭を下げ、お部屋を後にする。

「ちょいとちょいと、お染さん」と、追いかけてきたのは遣り手だ。お勝手に近い、裏梯子の手前で捉《つか》まった。

「アンタ、どうすんだい。紋日は近いよ」

楼主の代わりに、言いづらいことを伝えるのが務めでもある。とはいえ廊下でする話でもなかろうに。遣り手はお歯黒をにちゃりと見せて、詰め寄ってきた。

鼻先に漂う口臭から逃れるように、お染は顔を背ける。

「分かってるよ、そんなこと」

「本当かい。ちゃんと、お馴染《なじみ》さんに声をかけてるんだろうね」

「あたりまえだろ。きっと明日明後日にも、懐に金を入れてやって来るさ」

「なら信じるけどさ。移り替えの工面がついていないのは、もうアンタだけだからね」

「はいはい。あんまり気を揉《も》むと、眉間の皺が増えるよ」

遣り手とも、すでに長いつき合いだ。若い女郎ならくどくどと続く小言にしょんぼりとつき合うしかなかろうが、お染は相手の肩をそっと押し返し、身を翻す。

「だったら、気を揉まさないでほしいもんだね」という捨て台詞は、背中で聞いた。

ぎしりぎしり。勾配の急な裏梯子を踏んでゆく。

引け四つ過ぎの妓楼の二階は、めくるめく男と女の世界である。薄い障子紙越しに、「可愛い奴め」「あれあれ、いけません」と、艶めいた睦言《むつごと》が洩《も》れ聞こえてくる。耳をそばだてぬようにして、お染は先を急ぐ。

白木屋は東海道に面した間口から想像されるよりずっと、奥行きがある。廊下は中庭に沿ってコの字に張り巡らされており、部屋を出ればどこからでも、楼主自慢の松の木が拝めるという寸法だ。その廊下の曲がり角から、女の忍び笑いが聞こえてきた。

「おやそう、烏《からす》どんが」

「ええ、まったくお気の毒様」

いったい誰の噂《うわさ》をしているのだか。気の毒と言いながら、やけに嬉《うれ》しそうである。まだ若い女が二人、行灯の明かりが届かない暗がりに身を寄せ合うようにして佇《たたず》んでいる。

「ちょいとお前さんたち。こんなところで、なに油売ってんだい」

声をかけると、二人は「ヒッ」と首を縮めた。突き出しを済ませたばかりの、小滝《こたき》といろはだ。

「ああ、なんだ。お染姐さん」

「おばさんかと思いんした」

遣り手のことを、見世の者は「おばさん」と呼ぶ。白木屋の遣り手は、女郎上がりの行き遅れだ。お染はふんと鼻を鳴らす。

「無駄口叩《たた》いてる暇があったら、客の尻の毛でもむしってきな」

「はぁい」

「姐さん、お許し」

姉女郎は、いったいどういう躾《しつけ》をしているのだか。二人はくすくすと笑いながら、客が待つ名代部屋へと引き上げて行った。

安く見られたものである。お染が若いころは、年嵩《としかさ》の女郎にあんな態度は取れなかった。

これも時代の移り変わりか。いずれにしても板頭を張り続けてさえいられれば、新造ごときに舐《な》められることもあるまいに。

すべてはこの身の落魄《らくはく》ゆえ。ついこの間まで青っ洟《ぱな》垂らしてた小娘にも役目があるってのに、わっちときたら。

間もなく九月九日の重陽とて、夜が更けると急に冷え込む。足元を、風がひやりと撫《な》でてゆく。

だが冬でも足袋を履かないのが女郎の粋。火鉢を出すにはまだ早く、お染は侘《わび》しさを胸に抱え、誰も温める者がない部屋へと向かった。

すっかり馴染んだはずの波の音が、こんな夜はやけに耳につく。

座敷に呼ばれていた芸者も帰り、三味線の音も聞こえない。お染は仕掛を衣桁《いこう》に掛けて、海に臨む障子を開けた。

品川は東海道第一番目の宿場町。手摺《てすり》の格子越しに黒い海が広がって、濃い潮の香りが吹きつけてくる。

微《かす》かに生臭いにおいが混じっているのは、また土左衛門でも上がったか。

今は暗くて見えないが、白木屋の裏には舟で乗りつける客のため、桟橋が備わっている。その棒杭にでも、引っかかっているのかもしれない。

海の斜面に建つ妓楼は、通りから見れば二階建てだが、海側から見れば三階建て。お染には見世でもっとも眺めのいい本部屋を割り当てられていた。

この部屋も、そろそろ取り上げられるかもしれないねぇ。

くすりと、紅を刷《ひ》いた唇を歪《ゆが》めて笑う。

板頭の座を追われ、一ツ目、二ツ目にも留《とど》まれぬ身には過ぎた部屋だ。誰よりも玉を稼いできた過去があるから、目こぼしをくれているだけ。これも楼主の恩情である。

そろそろそれも、潮時だろう。売れない女郎がいつまでもいい部屋に居座っていては、他の妓《こ》たちに示しがつかない。お染姐さんばかりずるいじゃないのさと、不満の声も上がるはず。人気が戻らないかぎり、きっと今年のうちに部屋を追い立てられる。

他の見世よりましな待遇とはいえ、しょせんは妓楼。思うにまかせぬこの苦界で、ただ一つ気に入りのものがあるとすれば、この窓から眺める景色くらいのものだ。姉女郎も使っていた部屋だから、新造のころから親しんできた。

朝靄《あさもや》に煙《けぶ》る中に、ぽつりぽつりと浮かぶ漁火《いさりび》。まるで女郎の血でも溶き流したかのように、妖しくも美しく光る朝焼け。晴れ渡る空と色を一つにし、はるか遠くで交わる大海原。嵐の日に、牙を剝《む》いて襲い掛かってくる灰色の波には怯《おび》えさせられもした。

九つの歳に売られてから、十六年。板頭を務めるようになってからは、七年だ。

よくもったほうだと、己を称えてやるべきか。この先のことは、夜の海と同じく何も見えない。

ともあれ、金だ。金が作れなきゃ、どうにもならない。

このところお馴染の足がいっそう遠のいているのは、紋日が近いせいだろう。紋日の前の移り替えには、金がいる。装束や布団を季節のものに作り替えて披露目をし、見世の者と朋輩にはたっぷりと祝儀を配ってやるのだ。

その金の工面に、困っている。

仮にも板頭にまで上り詰めた女郎である。費用《かかり》を惜しんで、あまり見栄えの悪いこともできない。落ち目だなんだと、陰口をたたかれるのも業腹だ。

なのに馴染の旦那たちときたら、巻紙が痩せるほど手紙を書き送っても、うんともすんとも言ってこない。

もはやわっちに、無駄な金を使う気はないということか。

さんざんいい気持ちにさせてやったというのに、見限るときは早いもの。女の移り気も男の不実も、軽薄に於いてはいい勝負だ。

潮風で充分に頭を冷やしてから、お染は部屋の中を見回した。

調度といえば、蒔絵《まきえ》の茶簞笥《ちゃだんす》に衣装簞笥、引き出しを開ければ珊瑚に碧玉《へきぎょく》に鼈甲《べっこう》の簪。隅に寄せてある屏風には金銀の箔が貼られ、三尺の床の間には軸と香炉。違い棚には青磁の水指がちょんこと載っている。

これらを売りさばけば移り替えの足しにはなるが、がらんどうの部屋に上客が寄りつくものか。こちとら銀四匁《もんめ》の、小見世の女郎などではない。

ならば見世に頭を下げて、金を借りるか。それでは、いたずらに年季が延びるだけ。

あと二年の辛抱と思って踏ん張ってきたのに、さらに一年二年と増えるのでは、体が先にまいってしまう。近ごろはくるぶしの上の三陰交《さんいんこう》に灸《きゅう》を据えなければ、血の道に障りが出るようになってきた。

もっとも年季が明けたところで、行くあてもないのだが。

お染の故郷は甲州《こうしゅう》の、寒村だった。

峻険《しゅんけん》な山々に遮られて日の出は遅く、日の入りは早い。冬は雪に閉ざされて、音もしない陰気な村だ。記憶にあるのはどんよりとかき曇った空。それから痩せた村人たちの、引き攣《つ》った笑いかた。

故郷ではよく、遊び友達が姿を消した。前日まで変わった様子もなく追いかけっこなどしていたのに、次の日誘いに行くといないのだ。

「おみっちゃんはどうしたの?」と尋ねると、親たちは決まって頬を引き攣らせた。

その顔を見せられると、友達はもう帰ってこないのだと悟らざるを得なかった。

姿を消すのはなにも娘ばかりではなかったから、そういうものと思い込まされていた。足腰の弱い年寄りや、長患いの病人、生まれたばかりの赤子なんぞも、朝にはいなくなっていた。

やせ地でろくに作物が取れない代わり、織物の盛んな土地だった。年貢は買納制で余所から米を買って納めていたから、冷害などで米の値が高騰すると、村人はたちまちのうちに逼迫《ひっぱく》した。

なおかつ、綿織物の値は下落してゆく一方。口減らしが必要であったことは、長じてのち理解した。

そのころはまだ、天狗《てんぐ》の仕業と思っていた。おっ父《とう》が、そう言っていたから。

「夜になると山の向こうから天狗様がやって来て、悪さする奴を連れてゆく。だからお前《め》はおっ父たちの言うことをよく聞いて、いい子にしてなきゃなんねぇぞ。分かったな」

ごつごつとした手で頬に触れられて、お染は「うん」と頷《うなず》いた。いい子にしているとおっ父は、その手で体中を撫でまわしてくるようになった。

本当は、よく分からなかった。おみっちゃんたちは、いったいどんな悪さをしたというのだろう。年寄りや病人は、働けないのが「悪いこと」だったのか。寒くもないのにおっ父が布団に忍んでくるのはなんとなくいけないことのように思えるが、天狗様はご覧になっていないのか。

村一番の織り手だったおっ母《かあ》とは、三つのときに死に別れていた。お染とよく似ていたというが、面影はもう覚えていない。稼ぎ手を亡くしておっ父は、月の半分は甲州街道に出て駄賃稼ぎをするようになった。

おっ父が留守の間は叔母の家に預かってもらっていたが、邪険に扱われるのが辛く、七つになってからは一人で過ごした。風が板戸を叩くたび、ついに天狗様がおいでなさったかと怯えたものだ。

それでも狭い叔母の家で、冷たい土間に追い立てられて眠るよりはましだった。おっ父のいない夜は眠りが深く、いっそのこと、このまま帰ってこなければいいのにとも思った。

まさか本当に、帰らぬ人となってしまうとは。

その日は山々に遮られた村でさえ蒸し風呂のように暑く、大人たちはみな苛々《いらいら》しているようだった。やせ地はひび割れ鍬《くわ》を通さず、機織りの杼《ひ》を握る手も汗で滑った。騒ぐばかりで役にも立たぬ子供たちは、「遊んどいで」と外に放り出された。

お染は遊びにきた従弟の正吉《しょうきち》と、家でくすぐりごっこをしていた。おっ父に教わったようにしてやると、正吉の朝顔の蕾《つぼみ》のようなまらがぴょこぴょこと跳ね、おかしくって声を上げて笑い合った。

叔母が足音も荒く駆け込んできたのは、そのときだった。お染と正吉は前をはだけたまま、赤鬼のように変貌してゆく叔母の顔をぽかんと見上げた。

「お前はこんなときに、なにやってんだ!」

ぶたれたのは、お染だけだった。叔母は正吉を庇《かば》うように間に立ちふさがり、唾を飛ばして怒っていた。

「目ばかり大きくて、気色の悪い餓鬼だ。兄ちゃんもお前なんぞに現《うつつ》を抜かしてやがったから、馬に蹴られて死んじまうんだ」

憤怒の形相に、涙が浮かぶ。胸を掻《か》きむしりながら、叔母はお染を責め立てた。

「こんなにこんまいうちから、女の顔をしてやがる。ああ、お前のせいだ。お前が悪いんだ」

容赦なく、叔母の平手が飛んでくる。お染はわけも分からずに、身を丸めて耐えていた。後から駆けつけた叔父が叔母を止めてくれ、お染はあらためて、おっ父の死を知らされた。

暑さに注意が削《そ》がれたか、宿場で馬の蹄《ひずめ》の手入れをしようとして、蹴り殺されたのだという。馬もまた、気が立っていたのだろうか。おっ父は肺が潰れ、ひとたまりもなかったそうだ。

「オラが勧めたとおりに後添いをもらってりゃ、こんなことにならなかった」と、叔母は声を放って泣いていた。

寒くもないのに、体の震えが止まらなかった。

まさしく、お染のせいだ。おっ父なんて帰ってこなければいいと思ったから、本当になってしまった。夜になってから戸板に載せられて戻ってきたおっ父は、どす黒い血にまみれていた。

違う。決して、死んでほしいとは願っていない。ただ存分に、眠りを貪れる夜がほしかっただけ。「可愛い」と、頭を撫でてくれるのは嬉しかった。でも「お前のことは誰にもやらねぇ」と抱きしめられるのは、苦しかった。

親を死なせてしまうのは、「悪いこと」だ。そんなつもりじゃなかったと、胸の内で何度も繰り返した。真新しい土饅頭《つちまんじゅう》は、なぜかいつまでも湿っていた。

天狗が現れたのは、おっ父の四十九日も終えぬ間だった。

たしかに山の向こう側からやって来たが、赤ら顔でも、鼻が長くもなく、普通のおじさんに見えた。ただ村では聞き慣れぬ巻き舌で、立て板に水のように喋《しゃべ》った。

天狗は叔父、叔母となにやら話し込んでいたが、やがて懐から鈍く光るものを取り出した。

「ほらよ、四両二分。二人でちょうど割れる額だ」

話はそれで、まとまったらしい。天狗が「さぁ、行くぞ」とお染に向かって手を差し出してきた。

「どこへ？」

「お前に似合いの所だ」

問いかけに答えたのは、叔母だった。犬っころでも追い払うかのように手を振った。

「ひどい子だ。おっ父が死んだってのに、泣きもしねぇ」と、叔父も顔をしかめて見せた。

もはや天狗の手を取る以外に道はなかった。

導かれてゆく先には、おみっちゃんたちもいるのだろうか。裏の家にいた皺くちゃのヤス婆や、寝たきりだったシゲどんも。

皆が一緒なら、まぁいいか。

お染は天狗に連れられて、夜も明けきらぬうちから家を出た。背後では、さっきまで満足気だった叔父と叔母が言い争っていた。

「待ってくれ。ちょうど半分じゃ割に合わねぇ。兄ちゃんが出稼ぎに行ってる間、あの子を預かってやったのはオラだ。飯を食わせて、べべも着せた。三両はもらわねぇと納得できねぇ」

「そんならオラは、兄ちゃんに一両貸してた。そのぶんを先にもらいてぇ」

「でまかせ言いやがって。そんな金、お前に融通できるもんか。あればあるだけ、飲んじまうくせに」

「お前こそ、飯を食わせたなんて偉そうなこと言いやがって。顔が映るほど薄い粥《かゆ》と、沢庵の尻尾がいかほどのもんだ」

振り返りはしなかったが、摑《つか》み合いの喧嘩がはじまったようだった。

仲のよかった姉弟がいがみ合うのも、天狗の力なのだろうと思った。ぎゅっと握り返したその手は、肉刺《まめ》も傷もなく、驚くほど滑らかだった。


品川までは、お染の幼い足では四日かかった。その道中で、天狗が女衒《ぜげん》という人だと知った。どうりで鼻が低いはずだと言うと、面白い娘だと笑われた。

行く先では、白いおまんまが毎日食べられて、綺麗《きれい》なべべを着せてもらえるのだと教えられた。そんな極楽のような場所があるのかと、半信半疑で聞いていた。

だから品川宿に着き、目の前に広がる海を見たときには、ぽかんと口を開けてしまった。

噂に聞く海とはこんなにも、広く美しいものだったのか。青く輝く水面に立つ波は、まるで白い兎が飛び跳ねているかのよう。ざぶんざぶんと打ち寄せて、胸の憂いまで洗い流されてゆく。

ただそこにいるだけで気が塞ぐ曇り空の故郷とは、目に映る色がまるで違った。そこはまさに、極楽だった。

あのころの自分に教えてやりたい。生きて極楽にたどり着くことは、ないのだと。もしもそのように見えるとしたら、それは誰かの血と涙の上に成り立っているんだと。

お染を売り渡した叔父と叔母のことを、恨んではいない。村に留まったところで、どうせ食うや食わずやの毎日だ。ひもじさが病を呼んで、とうに命を落としていたかもしれない。

白木屋に奉公するようになってから、おっ父がお染にしていたことがなんだったのかを知った。おっ父は、死んだおっ母に惚《ほ》れていた。おっ母に瓜二つなお染のことを、身代わりにしていたのだ。

機織りの上手い後添いをもらっていれば、出稼ぎに行く必要もなく、馬に蹴られることもなかったろう。だがおっ父は、お染を撫でさすることをやめなかった。

あのときおっ父が蹴り殺されていなければ、お染は妓楼に売られなかった代わりに、おっ父の子を産まされていたかもしれない。そう考えると、ゾッとする。

極楽は一つしかないが、地獄は百三十六あるともいう。ならばこの世にいくつか現れても、不思議はない。

生まれついた地獄から、別の地獄に移ってきただけ。ただ一つの望みであった、存分に眠れる夜は、訪れぬままだ。

「可愛い、可愛い」と男たちに撫でさすられるのは、不快でしかなかった。いっそのこと客など全部断って、布団に一人、手足を伸ばして眠りたいと願いもした。

それなのに客がつかなかったらつかないで、こうして眠れぬ夜を過ごしている。

「さぁ、どうしたものか」

我知らず、溜《た》め息が洩れた。

移り替えに入り用な、四十両。かつてのお染ならなんの苦労もなく集められたはずの金だ。去年くらいから出し渋られている気配を感じてはいたが、まさかこんなにも急に、落ちぶれるとは思わなかった。

「いけない、いけない」と、お染は皺を伸ばすように眉間を揉む。

ついつい力が入っていた。普段の表情から気をつけなければ。眉間に縦皺を刻んだ女郎など、誰も買わない。

「お染さん、お染さん」

廊下に面した障子の向こうから、喉に絡んだような遣り手の声がする。

この深更に、初会の客が上がったという。


「よう、首尾はどうだい」

「よかぁないね。売れ残りを押しつけられたよ。ひでぇ乱杭歯の女だ。まぁ若いぶん、肌は悪くなかったがね」

「そうかい。うちは行灯の下じゃあ綺麗だったんだが、朝の明るいところで見てぎょっとしたね。目尻にくっきり、烏の足跡ときたもんだ」

「おお、くわばらくわばら。妓楼なんざ、夜更けに揚がるもんじゃねぇな」

厠《かわや》帰りの客二人が、耳目も憚《はばか》らず大声で話しながら廊下を歩いてくる。部屋で軽く身支度を整えながら、お染は「けっ！」と悪態をついた。

聞こえてんだよ、馬鹿野郎。

深更の客は、夜釣りに品川まで足を延ばしたもののまるで釣れず、ならば女郎買いでもしようと立ち寄った二人連れだった。見世のほうでも、お茶を挽《ひ》いていたのがちょうど二人。これはいいと、遣り手がそれぞれに割り振った。

なんだい。テメェのほうこそ、ろくすっぽ人を寝かせもしないでさ。

妓楼で嫌われるのは、意地汚い客だ。払った金の元を取ろうと、こちらの体を労わりもせず何度でも挑んでくる。女も生身だということを、少しも分かっていないのだ。

そんなにしたいなら、木のうろにでも突っ込んでりゃいいのにさ。

ふんと鼻を鳴らしたところで、客が部屋に入ってきた。お染は「あら、お前さん。長い厠だったねぇ」としなを作る。

二度と来るなと思っても、客は客。見世の玄関までは、敵娼《あいかた》が見送る決まりである。

憤りを抑えてにこにこと、上がり口までついてゆく。若い衆が下足を揃えて出し、切り火を打つのを見届けてから、お染は客の体にしなだれかかる。別れを惜しむかのように、背中と腹をそっと撫でた。

「どうかまた近いうちに、来ておくれよ」

「あ、ああ」

客はぎこちなく立ち上がり、振り返りもせず見世を出てゆく。こんな年嵩の女郎になぞ、惚れられては困るとでも思ったか。

へん、誰がお前なんか。

帰り際に背中と腹をさするのは、盗難よけのためである。手癖の悪い客は、部屋の香炉や簪といったものを、ひょいと懐に入れかねない。背中がやけに膨らんでいると思ったら、緞子《どんす》の座布団が出てきて仰天したこともあった。

「喜助どん、塩撒《ま》いとくれ」

傍らの若い衆にそう言うと、困ったように笑い返してくる。

喜助は頬に傷をこしらえるようなやくざ者だが、見世は長く続いていた。お染が全盛のころに入ってきて、融通を利かせてもらうたび、懐にたんまりと心づけを忍ばせてやったものである。

そんな金も、今はない。喜助のほうでも、すでにお見限りだろう。かつては用がなくても
「お染さん、お染さん」とすり寄ってきたものだが、近ごろはとんと愛想がない。

金の切れ目が、縁の切れ目。見世だって気位ばかりが高い盛りの過ぎた女郎を持て余してい

ると、肌で感じる。そんな例は、いくらでも見てきた。

月日は無情だ。それでもまだお染には、板頭だった意地がある。このまま終わってたまるかと、奥歯を噛《か》む。

「ああ、そこ。段があります。気をおつけなんし」

部屋に引き返そうとしたところ、ちょうど別の女郎と客が玄関へと向かってきた。

その涼やかな声だけで、誰だか分かる。今の板頭の、こはるである。

買われてきたばかりのころは芋の子のように真っ黒だったのに、遊里の水に洗われて、透き通るような肌になった。華奢《きゃしゃ》な体にたっぷりとふきの詰まった仕掛はいかにも重そうで、つい手を差し伸べてやりたくなる。この儚《はかな》げな風貌が、うけている。

齢十八。美しさが身の内から、煙るように滲《にじ》み出ている。自分も若いころはそうだったのだろうかと、すれ違いざまに香った甘いにおいに息を詰める。

「お前さま、お分かりでしょう。薬の飲み忘れには、お気をつけなんし」

上がり口に掛けて草履を履こうとしている客に、こはるが念を押している。なんと色気のない文句だろうかと、お染は鼻白む。

客を送り出すときは、またすぐ来てやらなきゃと思わせるよう、めいっぱい寂しがって見せるもの。こはるにも、そう教えてやったはずなのに。

「またしばらく、お前さんに会えないんだねぇ。胸が引き絞られるようだよぅ」なんて言って涙の一つも零してやれば、男だって悪い気はしないのだ。

それがよりにもよって、薬の飲み忘れの注意とは。亭主を仕事に送り出す、裏店《うらだな》のおかみさんじゃあるまいに。

「ああ、ありがとう。こはるは優しいねぇ」

だが当の客は、声を裏返して喜んでいる。肩越しに窺《うかが》ってみると、こはるは客の背中にも腹にも、手を置いてはいなかった。

盗難のおそれがないほどの、太い客なのだ。着ているものや恰幅《かっぷく》のよさからも、金を持っていそうだと分かる。

どこかのお店《たな》の隠居だろうか。孫娘のような年頃のこはるに気遣われ、嬉しくてならないらしい。

好々爺《こうこうや》の顔で、「次は、船橋屋《ふなばしや》のくず餅を買ってきてやろうなぁ」と言い残し、隠居と思しきは帰ってゆく。

まったく、とんだ茶番だ。どこの世に、孫娘と寝る爺ィがいるってんだ。

どんなに取り繕ったって、しょせん男と女の間柄。足のつけ根の具合まで知っているくせに、家族ごっこは気味が悪い。

「おはようございんす。すみません、姐さん。お先に失礼」

上草履を軽やかに鳴らし、こはるがひと声かけて追い抜いてゆく。客を一人送り出して終わりのお染のように、のんびりしている暇はないのだ。

「相済みません、お待たせしんした」と詫びながら、こはるは名代部屋の六番に飛び込んで行った。

昨夜はいったい、何人の客がついたものか。お染が十八、十九のころは、五人廻《まわ》しもざらにあり、なにかに追い立てられるように駆け回っていたものだった。

「嫌ですよォ、お前様。お酒はほどほどにって約束でありんしょう」

こはるに伴われて六番の部屋から出てきた客は、医者のなりをしてはいるが、寺の坊主だ。品川は近くに芝増上寺をはじめとした名刹《めいさつ》が多く、見世の客の五分ほどが坊主である。袈裟のままでは体裁が悪いと、医者の扮装《ふんそう》をしてやってくる。

仏に仕える身の女郎買い。世も末だと思うが、これも商売だ。女房のようなこはるの苦言に、こちらも相好を崩している。

近ごろは、こういうのが流行ってんのかねェ。

おお、嫌だ嫌だと肩をすくめる。面倒を見てやった妹女郎ではあるが、こはるとは昔からニンが合わなかった。

まだ新造だったころ、こはるはお染の客に食ってかかったことがあった。酒癖の悪い客で、手にしていた盃の酒を、隣にいたお染の衿首《えりくび》に垂らしたのだ。

ただの酔狂と分かっていたから、「やだよォ、お前さん。着物は酒を飲めないよ」と軽くあしらって終わろうとした。それなのにこはるが「姐さんに謝りなんし」と血相を変えて詰め寄ったから、客を怒らせてしまった。

「てめぇこそ、分をわきまえな」

叱りつけてやると、こはるはお染に頭を下げたが、客には最後まで謝らなかった。

儚げに見えてあれはなかなか、強情な女だ。

「心から申し訳ないと思っていなくたっていい。男なんざ、口先三寸で転がすのが女郎ってもんだ」と諭しても、「わっちは、真心のないことは口にできんせん」と頑なだった。

こんな真っ直ぐな気性じゃとてもやっていけないと、言葉を変えて因果を含めてきたつもりだが、こはるは今もあのとおり。嘘《うそ》偽りなく客に接している。

わっちの教えと逆のことをやって板頭になられたんじゃ、立つ瀬がないってものさ。

部屋に戻り、お染は敷かれたままの布団を、足で蹴るようにして折り畳む。蒸れたような男のにおいが鼻につき、海側の障子をすぱんと開けた。

海の香りは朝と夜ではまるで違う。朝のうちは、沖のほうから爽やかな潮の香りが運ばれてくる。それが夜に近づくにつれ、浮世の毒が混じるのか、磯臭さが増してしまう。

今日はどうやら、日和がいい。目の前に広がる海を眺めていると、しだいに心が凪《な》いでゆく。

同じ女郎に売られるでも、泥臭い浅草田圃《あさくさたんぼ》のど真ん中にある吉原なんぞでなくてよかった。極楽というのはきっと、この海の向こうにあるのだろう。

ただ一つの難点は、潮風は肌を痛めやすいというところ。

――烏の足跡。

さっき見送ったばかりの男の言葉が、胸によぎった。

いや、まさか。たしかに中年増と呼ばれる歳《とし》ごろには違いないが――。

お染はよく日の当たるところに、黒漆塗りの鏡台を移す。息を整え、その前に座った。

鏡は鏡台に、鏡箱ごと掛けてある。震える手でそっと蓋を外し、覗き込んだ。

正面から、上下から、斜めから。顔の向きを変え、矯《た》めつ眇《すが》めつしてみる。

なんだ。綺麗なもんじゃないか。

あの客は、よっぽど大袈裟に言ったものらしい。お染はほっと胸を撫で下ろす。

だがそうやって頬を弛《ゆる》めたとたん、目尻にさっと皺が走った。

「ヒッ！」喉を引きつらせ、手と尻を使って後退る。

見てはいけないものを見た。

そんな馬鹿な。見間違いではないか。今ちょうど、鴎《かもめ》がすぐ近くを横切って行った。その影が映ったのかもしれない。

恐々、首を伸ばしてみる。

真顔であれば、皺はない。だが鏡に向かって微笑みかけると、目尻にくっきり三本の皺が寄る。よく見れば、そのあたりの白粉もよれている。

「つんと取り澄ました顔もいいが、笑うと花が咲いたよう」と評されたはずの笑顔だ。それが今や、見る影もない。

気づかなかった。もうずっと、こんな顔で笑っていたのか。

烏どん。そんな囁《ささや》きを、昨夜も聞いた。小滝といろはが噂していたのは、もしや自分のことだったか。

きっとそうだ。床買いの客もつかずお茶を挽きそうになっていたお染を、若い二人で「お気の毒様」と笑っていたのだ。

ええい、忌々《いまいま》しい。女郎が歳を取るのがそんなに面白いか。お前たちもいつかは、同じ道をたどるというのに。

腹の中がふつふつと煮え、お染は鏡を手に取って振りかぶった。

この鏡は、今は亡き姉女郎から引き継いだもの。床に叩きつける前に、思い直して胸に抱いた。

雛菊《ひなぎく》姐さん――。

お染が新造だったころの、姉女郎だ。その名に負けぬ可憐《かれん》さで、当時の板頭を張っていた。顔に似合わず気が強く、面倒見のいい人だった。

「痛いかい？　大丈夫、体の痛みってのはすぐに忘れるもんだ。この先何十人、何百人って男がお前の体の上を通ってゆくだろうが、本物の魂を傷つけられる奴はいないよ。それだけは、自分でしっかり握っておきな」

　はじめての客が帰り、小用のたびに痛む股が恨めしく、涙をこらえて寝ていたら、そう声をかけてくれたことがあった。お蔭で女郎を人として扱わぬ客に当たっても、腹の中で舌を出して乗り切ってこられた。

　そんな女が遺した鏡だ。雛菊姐さんは顔の皺なんぞに悩まされることもなく、二十歳の若さで行灯部屋の梁《はり》にぶら下がっていた。

　噂によれば間夫《まぶ》が簞笥の中の金を盗み、姿をくらましたらしい。姐さんは恋しい人の去り際に、背中と腹を撫でてみなかったのだ。

　盗られた金は、姐さんならまたすぐに稼げる額だった。でも、裏切りに心が耐えられなかった。

　本物の魂は自分で握っておけと言ったくせに。姐さんは大事なそれを、間夫なんぞに託してしまった。

　愚かで、愛《いと》おしい雛菊姐さん。同じ道はたどるまいと踏ん張ってきたけれど、わっちもとうとうこの様だ。見世で一番の、年嵩だとさ。

　女郎なんざどう転んでも、馬鹿を見るようにできているのかもしれないねぇ。

　お染は鏡を抱いたまま「フフッ」と笑い、目の前に広がる海を見晴るかす。

　朝な夕なに眺めていても、一度も足をつけたことがなく、塩辛さも知らないままだった。

客のせいでろくすっぽ寝ていないのに、寝直そうとしても、眠りは訪れてくれなかった。金の工面をどうすればよいか、この先の身の振り方、離れてゆく客の心に、落ち目の女郎を笑う朋輩。不安と口惜しさがぐるぐると胸に渦巻いて、横になっていても目が冴《さ》えてゆく。

手足が妙に冷たくて、もそもそとこすり合わせているうちに、起床を報せる拍子木が鳴った。

こんなことじゃよりいっそう、ひどい顔になっちまう。

お染は襦袢《じゅばん》の上に半纏《はんてん》をさっと羽織り、湯へ向かう。風呂場は引け部屋の奥にあり、三、四人が入ればいっぱいになる広さだ。入る順番に決まりはないが、若い女郎はなんとなく遠慮して、年季が長い順に済ませてゆく。

洗い場で桶《おけ》に湯を汲《く》み、落とし残しの白粉を丁寧に流す。それからお染は顔といわず肩といわず腹といわず、糠袋《ぬかぶくろ》をすり込んでいった。

乾いた肌に、糠のぬめりが広がってゆく。でも五年前の肌は、もっとずっと柔らかだった。月日を取り戻さんとするように、むきになって糠袋を使う。

「お染姐さん、もうよしなよ。あんまり強くこすると、よけい皺になるっていうよ」

見かねたかのように、湯船から声がかかった。湯に浸かっているのは、乱杭歯のおりくだ。その肩を、「ちょっと」と気まずそうに朋輩が突く。

何人かの女郎が、背後で入れ替わっていったのは分かっていた。だがいつの間に、十五、十六の若い女郎の番になっていたのか。鬼気迫るお染の様子に、他の者は誰も声をかけられなかったものと見える。

よけい、皺になる。

ぞっとして、お染は糠袋を手放した。桶に熱い湯を汲み直し、顔のぬめりを洗い流す。

「熱すぎる湯で顔を洗うのも、ちりめん皺のもとになるってさ」

「およしってば」

朋輩が、慌てておりくの口を塞ぐ。呆然《ぼうぜん》として振り返れば、当のおりくに悪気はないらしく、にこにこと笑っている。

本心からわっちの皺の心配をして、忠告してくれたってわけか。

おりくには、人の心の襞《ひだ》が分からないらしい。

「ありがとよ」と、お染は皮肉に笑い返した。

「なぁに、いいってことさ」

おりくはなぜか鷹揚に返事をし、勢いよく湯から上がってくる。

「姐さん、この糠袋、わっちも使っていいかい？」

「ああ、好きにしな」

間近に見る十六の肌は、生まれたてのように滑らかだ。表面に残った湯の粒が、玻璃《はり》のように煌《きら》めきながらするすると流れ落ちていった。

風呂を出て体中に「江戸の水」を叩き込み、湯上がりの素肌をさらして広間へ赴くと、すでに朝餉《あさげ》の飯台が並べられており、女郎たちが仲のいい者で集まって、そこここで笑い合っていた。

若い女たちの声は、なぜこうも華やいで響くのだろう。若さの只中にいたころには、気づかなかった。

火照った体を冷まそうと、みな襦袢をゆったりと纏《まと》っており、広く抜いた衿元や、胸乳に近い肌が眩《まぶ》しい。中でもひと際目を引くのは、書院窓にくたりと寄りかかるようにして座るこはるである。

障子越しに差す日に輪郭を溶かし、物思わしげな瞳は虚空に誰の面影を描いているのやら。艶やかな頰は白粉を塗ったときよりも美しいほどで、髻《たぶさ》を解いて垂らした黒髪の艶やかさは、まるで烏の濡羽《ぬれば》である。

同じ烏でも、ずいぶん違うもの。お染は己の目尻をそっと撫でた。寝不足の疲れが、肩にどっとのしかかってくる。

「ねぇねぇ、今度の移り替えのご祝儀、なんにした?」

「わっちはねぇ、上総屋の旦那が浴衣を拵えてくれるって」

「あら、いいねぇ。わっちは風月堂《ふうげつどう》の菓子を誂《あつら》えるつもりだよ」

「わっちは、染め抜きの手拭い。鈴屋《すずや》の旦那が『任しとけ』と請け負ってくれたよ」

きりきりと痛みはじめたこめかみに、女たちの甲高い声が刺さる。突き出しを終えて一、二年目の女郎がひと塊になっているのだ。「いいねぇ」と口では褒め合いながら、さりげなく贔《ひい》屓《き》の旦那の名を出して、相手の出方を探り合う。

その中に、小滝もいた。こちらをちらりと横目に見て、姐さんたちになにごとかを囁きかける。袖で口元が隠されて、声は届かない。それでも女たちの仕草から、お染は自分が噂されていることを悟った。

でもお染姐さんは、まだ移り替えの目処がついていないいんでしょう。

まぁ。どうすんのかしら。

どうするもなにも、見世に頭を下げるしかないと思うけどねぇ。

高慢ちきが、意地を張っちゃってさ。

きっと、当たらずといえども遠からず。本人を目の前にして、そんなことを囁き合っているに違いない。

お染はぐっと下唇を噛んだ。

女郎の中でもっとも売れていないおりくですら、移り替えの手配は済んでいるのだ。見世にいくばくかの金を借り、拵えや配り物を質素にすれば、お染にだってできぬはずがない。

でもそうしたらしたで、「アラお染姐さん、ずいぶんみすぼらしくなって」と、お前たちは笑うんだろう。

悔しい。歳を取り、人気が陰って ゆく虚《むな》しさにはまだ耐えられる。だがまだ襁褓《おしめ》が取れたばかりのような、しょんべん女郎にまで馬鹿にされるのは我慢がならない。

ハン。アンタたちなんざどんなに若くったって、板頭を張れる器量じゃないくせにさ。

膝の上で拳を握り、そう思うことでどうにか留飲を下げる。

こちとら、六年ほども板頭を務めてきたんだ。一度でも、てっぺんに上り詰めてみやがれ。その景色を知らない奴らに、軽んじられる筋合いはない。

女郎たちのお喋りなど耳に入らぬかのように、下働きの女が飯台に朝餉を整えてゆく。茶碗《ちゃわん》一杯の飯と、味噌汁、それから厚揚げの煮たのと漬物。他の妓楼より待遇がいいとはいえ、育ち盛りには物足りない。

近ごろはこの量が、ちょうどよくなってきた。

お染は足の爪先に力を入れて、立ち上がる。

「部屋に運んでおくれ」

下働きにそう言い置いて、廊下に出た。

部屋持ちがなにも、山出しの女郎たちと肩を並べて飯を食うことはない。売れっ妓ならば自分の稼ぎで、卵や魚といったお菜をつけることもできる。もっともそんな贅沢は、長らくしていないのだが。

ぱたぱたと、後ろをついてくる足音がする。ちらりと見遣れば、こはるだった。あちらはさぞ豪勢な朝餉を、部屋で取るのだろう。

それはよござんしたと、前を向く。足音は速まり、どんどん背後に迫ってくる。

「お染姐さん」と、こはるが追い縋《すが》ってきた。

いったい、なんの用だろう。光り輝くようなこはるの顔を見ないまま、「なんだえ」と返事をする。細い指が、肩にかかる。

「はばかりながら、噂に聞きんした」

甘い吐息が耳朶《じだ》をくすぐり、ざわりとうなじの毛が逆立った。

——噂？

尋ねなくても、中身は分かる。お染が湯に入っている間も、さっきの女郎たちが声高に喋っていたのだろう。

こはるまで、金のない女を笑いにきたか。

「わっちでよければ、多少の工面はいたしんす。どうにかそれで、移り替えを」

疼痛《とうつう》を訴えていたこめかみが、一気に膨れ上がるのが分かった。睨《にら》みつけると、こはるは気遣わしげに眉根を寄せている。

厭味《いやみ》ではない。さっきのは、真心から出た言葉だ。こはるはそういう女だった。

冗談じゃない。お染は精一杯の皮肉を唇の端に乗せる。

「おやおや、お前さん。いつから金貸しにおなりかね」

「そんな。利息なんぞはいりんせん」

こはるが小刻みに首を振る。滑らかな頬に、はっきり「傷ついた」と書いてある。

いい子ぶりやがって。そう思ったときには、手が出ていた。

「馬鹿にすんじゃないよ！」

こはるを打った手のひらが、カッと熱を帯びる。おそらく相手も、同じ熱を感じただろう。

頬を押さえ、こはるは驚いたように目を見開く。その顔を見て、いっそう腹の中が波打った。

「わっちに情けをかけようなんざ、ずいぶん偉くおなりだねぇ。さぞ気持ちがよかろうさ」

「違いんす。姐さんには新造時分に、世話になったから」

「おやおや、そりゃあ立派な心掛けだ。たぶんわっちが先に行くだろうから、閻魔様に言っといてやるよ。こはるってぇのは、なかなか見上げた女だよ、ってね」

真っ直ぐに見つめてくる黒曜石の瞳から、はらはらと涙が零れだす。女郎のくせに、なんと打たれ弱い女だ。泣き顔までが美しい。

騒ぎを聞きつけ、広間にいた女郎たちも廊下に出てきた。下働きの女が駆けだして、若い衆でも呼びに行ったか。見物人が増えてゆくのを目の端に捉えつつも、お染の激昂《げきこう》は治まらない。

「なんだい、その顔は。文句あんのかい！」

襦袢の袖を手に取って、こはるを滅多打ちにする。しぼの立った縮緬《ちりめん》には、それなりの重みがある。こはるは己を庇うように、身を丸めた。

「気味が悪いんだよ、アンタの親切ごかし。客に対する態度も、反吐《へど》が出るね！」

いっぱしの女郎なら、「てめぇこそ何様だ！」と摑みかかってくるところ。だがこはるは、華奢な体をいっそう小さくして耐えている。同じ泥水の中に生きているのに、なぜこんなにもお人好しなのか。

ただ美しいだけでなく、優しく真心に溢《あふ》れ、ついている客もみな太い。

非の打ち所のない女。だからこそこいつにだけは、情けをかけられたくはなかった。

「悔しけりゃ、やり返してごらんよ。板頭の名が泣くよ！」

もう一方の袖も振りかぶったところで、後ろから羽交い絞めにされた。無茶苦茶に暴れても、びくともしない。そのまま引きずるようにして、こはるから遠ざけられてゆく。

「お染さん、お静かに」と囁く声は、喜助のものだ。

もがいてももがいても、ここから抜け出すことができない。

廊下にうずくまったこはるに、朋輩たちが駆け寄ってゆく。あからさまな敵意を込めて、こちらを睨んでくる者もいる。

ちくしょう、だってずるいじゃないか。そいつだけ汚れもせずに、泥中の蓮《はす》のように咲いている。アンタたちもなんで自分のところにまで、引きずり下ろしてやろうとしないのさ。

わっちが落ちてゆく様は、こんなに面白がっているくせに。

無理に引きずられるせいで、上草履が片方脱げた。せめてそれを、朋輩たちに投げつけてやりたかった。

自分の部屋で遣り手から、くどくどしく灸を据えられた。

「まったくお前さんときたら、情けないったらありゃしない。金が作れないのはてめぇのせいじゃないか。妹女郎に当たり散らしてどうすんだい。そんな暇があるなら二度三度と、お得意に手紙を出すんだよ！」

まったくそのとおりで、言葉もない。お染だって、間違っているのは自分だと分かっている。かといって「私が悪うございました」と、素直に謝れるものではない。

「うるさいねぇ。言ったろ、もうすぐ馴染が金持って来るってさ」と、つい強がってしまう。

「だからその、お馴染って誰なんだい。エ、旭屋《あさひや》の旦那かい、それとも三枡屋《みつますや》の隠居かい」

「三枡屋の隠居は、去年おっ死んじまったじゃないか」

「そうだよ。だから心許ないんだろ。ほら、書きな。会いたい、会いたい、お前さんに会えなくてわっちは命の灯も消えちまいそうと、大袈裟に書き立てな！」

文机《ふづくえ》に載っていた巻紙を、目の前に突きつけられる。お染は溜め息をつき、それを受け取った。

「こはるにも、ちゃんと謝っとくんだよ！」

嫌なこった。

本音を言えば、小言はさらに長くなる。お染は「はいはい」と手を振って、文机の前に座り直した。

「もういいだろ。言われたとおり手紙を書くから、出てっとくれ」

「必ずだよ！」

丸薬臭い息を吐き、遣り手がようやく立ち上がる。廊下の障子が開いて閉まる音を、お染は振り返りもせず背中で聞いた。

ああ、やっちまった。

一人になってから、文机に突っ伏す。滅茶苦茶に振り回したせいで、腕のつけ根が痛い。明日になればもっと疼《うず》くだろう。それと同時に、落ち目の女が売れっ妓に嫉妬し打擲《ちょうちゃく》した話も広まってゆく。

面白おかしく語られるだけと分かっているのに、どうしても辛抱が利かなかった。善良な人間は、残酷なのだ。自分の親切が人を傷つけることもあると、前もって考えようとはしない。

だからお染は、こはるが嫌いだ。

そうだね、そっちにはさぞ、金がうなるように集まってるんだろうよ。

己の僻《ひが》み根性にうんざりしつつ、お染は渋々墨を磨る。

遣り手に催促されるまでもなく、手紙は書き送らねばならぬ。すでに送ったところにも、二度三度と催促してやれば、「しょうがねぇ」と重い腰を上げてくれるかもしれない。

下手に出るのは性に合わないが、背に腹は代えられぬ。さて、誰ならば来てくれそうか。

お染は墨を磨り上げて、玉帳を開く。

紋日の掛かりをいつも助《す》けてくれたのは、さっきも名が出た三枡屋の隠居だ。お染が今困っているのはその死のせいと言っても言い過ぎではないほどに、派手に金を使ってくれた。

でもまぁ、しょうがないよね。年が明けてりゃ八十だったもの。

お迎えが来る三日前まで矍鑠《かくしゃく》として、鰻《うなぎ》三枚をぺろりと平らげたという。新造のころからお染をいたく可愛がってくれたものだが、寄る年波には勝てなかった。

旭屋の旦那はたしか、今年の春に脚を悪くしたんだったか。楓屋《かえでや》の若旦那はお店が潰れて振り売りになったというし、山城屋《やましろや》の隠居はここ三年ほど棺桶《かんおけ》に片脚を突っ込みっぱなしだ。

頭の中で馴染み客の名前の上に、線を引いて消してゆく。太い客はみな、死ぬか病気か、身《しん》代《だい》を持ち崩すかしている。つまりお染が女郎になってから、それだけの月日が過ぎたのだ。

なるほどこれは、客が減るわけだ。

無理もない。お染と同じころに入った女郎も、病を得て儚くなったり、もっと玉代の安い小見世や岡場所に住み替えたりで、いなくなった。

この歳まで白木屋でやってこられただけでも、上々か。

ひたひたと潮が満ちるように、虚しさが胸に迫ってくる。ああ、息ができない。おっ父に体をまさぐられていたころから、わっちはけっきょく、なんにも変わっちゃいないんだ。

「もういっそのこと、死んじまいたいねぇ」

それは、なにげなく洩れた呟《つぶや》きだった。言葉にすると、案外悪くないように思えた。

「うん、そうだ。死んじまおう」

もう一度口にすると、決意が固まった。やけにさっぱりとした気持ちになった。

簡単なことだ。死んでしまえばもう、なにも考えなくていい。極楽には行けないかもしれないが、ここにいても同じことだ。

「だけど、お染姐さんは移り替えができないから死んだと言われるのも悔しいねぇ」

ならば最後にひとつ、意地を見せたい。落ち目の可哀想な女としては、死にたくなかった。

「そうだ。誰か相手を見つけて、心中にしよう」

いい思いつきだとばかりに、お染は手を打ち鳴らす。心中はご公儀により固く禁じられているが、女郎の死に様としては華がある。一人で死ぬより、よっぽど体裁がいい。

となれば、あとは相手を見つけるだけだ。

お染は先ほどとは打って変わって真剣に、玉帳をめくってゆく。

坊主や侍は、女郎の誘いに乗っておいそれと死んではくれまい。どうせなら流されやすい、ぼうっとした男がいい。

女房、子供がいるのも駄目。後に遺された者が可哀想だ。

この人は、国許におっ母さんがいると言っていたっけ。逆縁もまた、よろしくない。

「なかなか、死ぬのにうってつけな人っていないもんだねぇ」

溜め息をつきながら、お染はぱらりぱらりと帳面をめくってゆく。

「アッ！」

目当ての名を見つけたときには、つい声を上げていた。

「いた。神田《かんだ》から通ってくる、貸本屋の金蔵《きんぞう》！」

この男なら、身寄りたよりのない独り者。ぼんやりしているから、丸め込むのも容易《たやす》かろう。

馬鹿で助平で大食らい。生かしておくのが惜しいくらいだ。

「よし、決ぃめた！」

お染は声を弾ませて、手にした筆にたっぷりと墨を含ませた。

二　だまされぬ気でだまされて

夕暮れ時、住まいのある神田小柳町《かんだこやなぎちょう》まで歩いてくると、通りの端で遊んでいた子供たちが目聡《めざと》く気づき、囃《はや》し立ててきた。

「やーい、やーい！」

「あば金、イモ金、金玉野郎」

「やーいやーい、間抜けの金蔵やーい」

「アッ、金蔵《きんぞう》が帰ってきやがった」

　のみならず金蔵の周りに集まって、なにが可笑しいのか手を叩《たた》いて大笑い。背中に負った商売道具まで叩きはじめたので、金蔵は「コラッ！」と歯を剝《む》き出しにした。

「いい加減にしねぇか、糞餓鬼《くそがき》ども。捕って煮て、食っちまうぞ！」

　子供たちも、負けてはいない。

「やってみやがれ、あば金」

「馬鹿金」

「こんちくしょうめ。散れ、散れ！」

金蔵はむきになって両腕を振り回す。子供相手に、大人げない。だがそこが子供たちにとっては面白い。

「あば金こちら、手の鳴るほうへ」

「うるせぇ。俺は言うほど痘痕面《あばたづら》じゃねぇ！」

頬に五つ六つ、疱瘡の痕が残っているからあば金。調子に乗って芋を食いすぎて、一歩ずつ屁《へ》をしながら歩いたことがあるからイモ金。子供たちに一度あだ名をつけられると、とにかくしつこい。

「失せろ。さもなきゃ首根っこ摑《つか》んで、どぶにぶん投げるぞ」

「アンタ、子供相手になに言ってんだい」

「やや、おかみさん」

通りに面した搗米屋《つきこめや》の障子戸が開き、肉づきのいい女が出てきた。金蔵が住む裏店《うらだな》の、大家のおかみだ。瘦せぎすの金蔵なんぞ張り手一本で倒せそうな腕を組み、剃り落した眉の根を寄せる。

「困るよ、金さん。もうだいぶ、店賃が溜《た》まってんだからね」

近ごろ顔を合わすとすぐこれだ。おかみさんが大の男を軽んじるような態度を取るから、子供たちまで真似をする。いい迷惑である。

「へぇへぇ、分かってまさぁ。いえね、金がないわけじゃありませんで。後できっちり、払わしてもらいます」

「だったら、今すぐ払っとくれ。アンタときたら、すぐ博打で溶かしちまうんだから」

「へぇへぇ、すみません」

「アンタみたいな男はね、嫁でも貰《もら》えばしゃんとするかもしれないけど、今のまんまじゃ世話をされる娘さんが可哀想でなんにもできないよ。まずは博打をやめて、悪所通いもよして、店賃をきちんきちんと払うんだ。見てくれがよくないんだからね、人の十倍真面目に生きて、やっと一人前なんだからね」

「へぇへぇ、いやおかみさん、ずいぶんだなぁ」

おかみさんは悪い人ではないが、いかんせん小言が細かい上に長い。周りを取り囲んでいた子供たちも、厭《あ》きて離れたところで別の遊びをはじめている。

一難去って、また一難。金蔵は「へぇへぇ」と頭を下げ続ける。

ただこのおかみさんは、自分の言いたいことをひととおり吐き出すとすっきりして、店賃をむしり取るのを忘れてくれるのがいいところ。今日もたっぷり小半刻ほど喋《しゃべ》り通し、金蔵は一文も払うことなく放免となった。


「どっこい、ああくたびれた」

金蔵の家は六畳一間の棟割《むねわり》長屋。上がり口に背負っていた大風呂敷の包みを置いて、凝り固まった肩をぐるぐると回す。

へへッ。今日もおかみさんをやり過ごしてやったぜ。

してやったりと、唇を舐める。このやり方でのらりくらりと店賃を溜め続け、もうそろそろ一年になる。

だけどまぁ、三月《みつき》分ほど払っとくか。おん出されちゃ敵《かな》わねぇからな。

懐を探り、財布を引っ張り出してみる。大風呂敷の中身は商売道具の貸本だ。得意先をこまめに回り、見料は盆暮れにまとめて勘定するのだが、今日はたまたま遅れて払った客がいたため、それなりに手持ちはある。

店賃を払っても、親分のところで賽子《さいころ》遊びをするくれぇの金は残るな。

大家は店子の縁を取り持つのも仕事のうちだが、金蔵にはちっとも嫁を世話してくれない。払うものさえ払えば本当に、仲立ちをしてくれるのだろうか。

――俺もいいかげん、嬶《かか》ぁがほしいなぁ。

齢《よわい》三十、独り身の寂しさが、身に沁《し》みてくるころだ。

得意先を回ってくたくたになって帰ってきても、熱々の汁と「アンタお帰り」と迎えてくれる女の笑顔があれば、博打なんざしねぇんだが。ようするに、順番が逆なんだな。

立場が人を作るという。まだ嫁も貰っていないのに、博打と悪所通いをやめろなんて、どだい無理な話だ。まずは気立てのいい娘をぽんと、くれてからにしやがれと開き直る。

「もう晩飯時だ。店賃を払うのは、明日にしよう」

そう言うと下駄を脱ぎ、商売道具を大事に部屋の奥へと移した。

金蔵は本を読むと眠くなる性質《たち》だ。中身の本は、一冊も読んだことがない。絵草紙屋から粗筋を聞いて、頭に入れているだけだ。あとは相手に調子を合わせてやれば、商売なんてぇものは簡単だ。

「さて、湯へ行ってどっかで一杯引っかけて、それから親分のところへ行くとするか」

半か丁か。息を呑《の》んで見守る中で、壷がゆっくりと持ち上げられる、あの胸苦しさがたまらない。へヘッと薄笑いを浮かべ、金蔵は行李《こうり》から取り出した手拭いを首に掛ける。

「もしもし、金蔵さん」

下駄を履き直し、障子戸に手をかける前に、路地向こうからほとほとと叩《たた》かれた。

聞き慣れぬ男の声だ。もしやなにかの取り立てか。

それにしちゃあ時期が変だが、そういやこないだ手持ちもないのに居酒屋へ入って、次に来たときまとめて払わぁと言って帰ってきた。そのましらばっくれるつもりだったが、店のほうで痺《しび》れを切らして来たのやもしれぬ。

「金蔵さん、金蔵さん」

念のため、ここは居留守を決め込もう。金蔵は息の音が洩《も》れないよう、鼻と口を手で塞ぐ。

うぐ、苦しい。さっさと諦めて、帰《けぇ》ってくれ。

ちぇっと、障子戸の向こうから舌打ちが聞こえた。

「留守か。どうしても直に渡しておくれと、お染姐《そめねえ》さんに頼まれたんだがなぁ」

いねぇんならしょうがねぇと諦めて、去ろうとする気配がする。

――お染？　まさか、白木屋《しろきや》のお染か！

こいつぁいけねぇ。金蔵はぷはっと息を吹き返し、「へぇへぇ、おります。おりますよ」と、障子戸を目一杯開けて男を追いかけた。


文字を読むにはすでに暗い。金蔵は品川《しながわ》からの使いに銭を握らせ、お染からという手紙を受け取ると、いそいそと行灯に火を入れた。

「へへッ。いったいなんの用だろうねぇ」

折り畳まれた手紙を胸に抱き、撫《な》で擦《さす》る。女にもてたためしのない金蔵だ。女郎から手紙をもらうことすら、はじめてだった。

「そういや近ごろ、会いに行けてなかったからねぇ。お見限りかと、心配させちまったのかもしれねぇな」

そりゃあ悪いことをした。なにしろお染からは、年季が明けたら必ず夫婦になるという起請をもらっているのだ。

熊野《くまの》の牛王宝印《ごおうほういん》に書いた起請文。約束を破ると熊野の御使いである烏《からす》が三羽死ぬという。それほどの誓いを、金蔵に託している。

言うなればお染の魂のようなもの。汗で文字がにじまないよう油紙に包み、金蔵はそれをいつも着物の腹に入れている。いや、ここしばらくは忘れていたが、入れていたということにしておこう。

「ちくしょう。いい匂いがしやがるせ」

手紙に頬を寄せると、ふわりと立ち昇る香の匂い。お染が着物に焚《た》き染めているのと同じ香りだろうか。しっとりとした肌の心地がよみがえり、下腹が妙に疼《うず》きだす。

「ああ、お染、お染」

ここにはいない女を乱暴に掻《か》き抱き、股座《またぐら》に手をやろうとしてハタと気づく。

いやいや、違う。そうじゃねぇ。まずは中身をたしかめてみねぇと。

それでようやく、手紙を開いた。

妓楼《ぎろう》に売られてからずいぶん手習いに精を出したと見え、お染の書く字は美しい。それだけに、学のない者には読みづらい。

金蔵は「どれどれ」と、行灯に鼻先を近づける。

「身の上について少し相談したいことがあるから、ぜひ会いに来てくれろ、か。へへっ」

ところどころ読み取りづらい文字もあるが、要約すればそういうことだ。

相談ってのは、なんだろう。

お染が頼ってくるとは、珍しい。いつもは「お前さんがわっちの意中の人とばれて、いらぬ恨みを買ってはつまらないから」と、あえて冷たく振舞っているのに。会いに行っても廻《まわ》しが入っていて忙しく、共に過ごせる時は半刻とない。

それがあらたまって、「身の上についての相談」ときたものだ。

「もしや、ついに！」

年季が明けて、金蔵と一緒になれる日が近いのかもしれない。

喜びが体中を駆け巡り、居ても立ってもいられなくなった。

「そんなら、すぐにでも行ってやんねぇと」

慌てて大事な起請文と、もらったばかりの手紙を腹に仕舞う。それから念のため、財布の中身をあらためた。

お染に会おうと思ったら、銀十匁《もんめ》の金がいる。

こりゃあ、店賃を払ってる場合じゃねぇな。

お染が嫁に来てくれるなら、大家に縁組を頼まなくていい。裏店の連中が、アッと驚くような別嬪《べっぴん》だ。お染に比べりゃ大家が世話する娘なんぞ、案山子《かかし》みたいな女に違いない。

へへッ。いつも俺を馬鹿にしやがる糞餓鬼どもは、どんな顔をしやがるかな。

それは見ものだ。

金蔵は行灯を吹き消すと、胸の高鳴りに任せつつ、夜の町へと躍り出た。

神田から品川までは、脇目も振らず歩いても一刻はかかる。金蔵はその途中で蕎麦屋に寄り、腹を拵《こしら》えることにした。

すぐにでも会いに行ってやりたいとは思うが、なにせ妓楼で台の物を頼むと高くつく。あんなもので満腹になろうと思ったら、いくらかかるか知れやしない。

だからその前に、腹を六分から七分まで満たしておく。それに酒も割高だ。素面で上がると馬鹿を見る。

蕎麦屋で蕎麦を三枚食い、ちびりちびりと飲むうちに、本来の目的を忘れそうになった。

三本目の徳利が空き、とろとろと瞼《まぶた》が落ちてくる。

このまま柔らかい女の胸で、包まれるように眠れたら幸せだなぁ。

「おおっと、いけねぇ」

そうだった。その女の元へ、行くんだった。

一事が万事、この調子。先の計画なんぞ、立てられる男でなし。勘定を済ませ、再度品川を指してゆく。

さて高輪《たかなわ》まで来ると、この辺りは性質《たち》の悪い野良犬がいる。金蔵は昔っから、なぜか犬に絡まれる。おそらく犬のほうでも金蔵を軽んじ、己より下に見ているのであろう。

今日もやっぱり、絡まれた。三匹、四匹と集まってきて、ワンワンワンワンと吠《ほ》え立てる。

「ええい、よせ。よせやい」

シッシッと追い払っても、犬たちは諦めない。小石を投げると火に油だったようで、歯を剝き出しにして追いかけてきた。

「わわっ、くわばらくわばら！」

そんなわけで高輪から品川までは、毎度本気の駆け足になる。犬たちにも縄張りがあるようで、八ツ山を越えるともう追ってはこない。

金蔵は肩で息をして、「あいつら、覚えてやがれ」と悪態をつく。これもまた、いつものこと。

ちくしょう。走ったせいでまた腹が減ったし、びっくりしたら酔いが醒《さ》めちまった。

八ツ山を越えた先は徒歩新宿《かちしんしゅく》。妓楼や茶屋が建ち並び、なんとも色っぽい気配が漂う。

「サァサ兄さん、いい妓《こ》がいるよ」という呼び込みに、金蔵は衿元《えりもと》を整えて、「いいや、俺にゃ決まった女がいるんで」と格好をつける。

しばらく行けば、さぁそこは品川一の白木屋だ。

恋しい女とのご対面と思うと胸が高鳴り、金蔵は手のひらにペッと唾を吐きかけ、乱れた鬢《びん》の毛を撫でつける。それから人差し指で前歯をこすり、歯磨き代わり。

いざ行かん。意気揚々と、白木屋の暖簾をくぐった。

までは、よかったのだが。

肝心のお染には、すでに客がついていた。

顔馴染みの若い衆が、案内したのは名代部屋だ。

「こちらでお待ちを」と、一人で中に押し込まれた。

「ヘッ、なんでぇなんでぇ」

相談があると言うから取るものも取り敢えず来てみれば、いつもどおりの待ちぼうけ。もうすぐ夫婦になるってのに、まだ気のないふりをしなきゃなんねぇのか。もどかしいったらありゃしねぇ。

しかしまぁ、それも仕事か。文句を言えば、「だったらお前さんが身受けしておくれよ。ねぇ、できないんだろ」と泣かれてしまう。

落籍《ひか》してやりたいのは山々だが、ない袖は振れないものだ。

しょうがねぇ。オイラにできるのは待つことだけ、と。

廊下の障子を開けて若い衆を呼び、酒と田楽、刺身を頼んだ。

金蔵、金蔵と、呼ぶ声がする。

きょろきょろと周りを見回しても、辺りは濃い霧に包まれたようになって、なにも見えない。

金蔵、金蔵や。

ただ声だけが、霧の向こうから聞こえてくる。

なぜか懐かしい心地のする声だ。胸乳の谷間の、甘酸っぱい匂いが鼻先によみがえる。

「おっ母《か》さん。おっ母さんかい？」

生きているなら、いくつになっているだろう。金蔵が六つのときに、他所に男を作って出て行った母親だ。

お父《と》つぁんはそのせいで酒浸り。四年後に、全身に酒の毒が回って死んだ。

地域に顔の利く鳶《とび》の親分が手を差し伸べてくれなければ、金蔵はたちまち路頭に迷ったことだろう。

恨みはあれど、恋しさなどないと思っていた。それなのに、息が苦しいほど物悲しい。

「おっ母さん、顔を見せとくれ」

ひと目でもいいから、会ってみたかった。会えば恨み言しか出てこないかもしれない。

ちくしょう、なんで俺を捨てやがった。天神様のお祭りに、連れてってくれると約束したじゃねぇか。オイラずっと、おっ母ぁの帰りを待ってたんだぞ。

おっ母さんは、どんな顔をするだろう。ごめんねと困った顔をするのか、あのときはしょうがなかったんだよと開き直るのか。もはや記憶が遠すぎて、実の像が結べない。

おっ母ぁ、おっ母ぁ。霧の向こうに薄ぼんやりと、影が見える。こっちへおいでと言うように、ゆっくりと手を振っている。

呼び掛ける声は、金蔵から「金ちゃん」へ。たしかにおっ母には、そう呼ばれていた。

「金ちゃん、金ちゃん」

オヤ、こんな声だったっけか。

首を傾《かし》げたとたん霧が割れ、真っ白な手がぬっと金蔵の肩を摑んだ。


「あわうわあわわわぁ！」

夜着を撥《は》ねのけ、飛び起きる。

どこだ、ここは。湿っぽい俺の部屋じゃねぇ。

「びっくりした。金ちゃん、なにをお寝ぼけだい」

傍《かたわ》らにお染の姿を見つけ、金蔵は「ああ、そうだった」と胸を撫で下ろした。

「いいや、なんでもねぇ」

「まったく。鼻と口を塞いでも、ちっとも起きやしないんだから」

息が苦しかったのは、そのせいか。金蔵は首の後ろを掻き掻き尋ねる。

「今、何刻だい？」

「とっくに引け四つを過ぎたよ」

「ヘン、いやに待たせやがる」

呼びつけておいてこれでは、厭味《いやみ》の一つも言ってやらねば気が済まない。金蔵は浅草紙を手に取って、カアッペ、と痰《たん》を吐く。

やけに暗い。灯心の数を減らしたのか、行灯はうっすらと灯《とも》っているだけ。その薄明かりにぼんやりと、お染の白い顔が浮かび上がっている。

やっぱり、きれぇだなぁ。

待たされた怒りも忘れ、見入ってしまった。

いけねぇ。こんなことじゃ、所帯を持ったあと尻に敷かれちまう。

金蔵はわざとぶっきらぼうな仕草で懐をまさぐり、煙管《きせる》を取り出す。刻みを詰め、煙草盆を引き寄せてすぱりすぱり。煙草があれば、間が持つからありがたい。

さぁ、来るか来るか。金蔵は横顔を見せたまま、お染が話を切り出すのを待つことにした。

波の音が、やけに騒がしい。そういや品川へは、おっ母さんと潮干狩りにきたことがあったっけ。

金蔵はまだ三つや四つの幼子で、はじめて見る海がおっかなくって泣き叫んだ。足元に迫る白い波が自分を引きずり込もうとしているようで、けっきょく一度も、水に足をつけてみることすらしなかった。

だからか、今も海は苦手だなぁ。船乗りなんざ、周り全部海じゃねぇか。あいつらの頭の中ぁ、一体、どうなってやがんだろう。

風呂にさえ長くは浸かっていられない金蔵には、信じられない。まずあの、手指がふやける感じが嫌いだ。水に浸かっているうちに、体が腐ってゆくように思える。

でも海には塩気があるから、それを考えると腐りづれぇのか。いやそもそも、水がしょっぺぇというのが気持ち悪ぃ。

なんてことを考えているうちに、煙草がすっかり灰になった。煙管の雁首《がんくび》をトンと叩き、煙草盆の中に落とし込む。

――いや、そうじゃねぇ！

頭の中身が、すっかり明後日に飛んでいた。

なんだってこいつは、なんにも話しださねぇんだ。

金蔵はそっと横目にお染を窺《うかが》う。相談があるというから来たし、他の客が終わるのも待ってやった。なのにこれは、なんのための黙《だんま》りだ。

年季がもうすぐ、明けるってぇ話じゃねぇのか。

そのわりにお染は、今から通夜にでも出るような浮かない顔をしている。

「おい、なんでぇ相談ってのは」

辛抱が利かず、こちらから切り出してしまった。

「うん、そうね」

「どうした、うつむいてちゃ分かんねぇよ。相談ってのは面突き合わせて、ああでもねぇ、こうでもねぇって話すもんじゃねぇか。なぁ、お染」

「相談ね、たしかにあったんだよ。でもお前さんの顔を見たとたん、ああ、こりゃあ駄目だなって」

「なんだよそれは。諦めるなよ。俺はいつでも、お前を受け入れるつもりはあるんだぜ」

さぁこいとばかりに、両腕を開く。だがお染はまだ、もじもじしている。

「でもさ、お金のことなんだよ」

「金かぁ」

朝顔が萎《しぼ》むように、金蔵の両腕もキュッと閉じてしまった。

夫婦になる相談じゃなかった。ならば、あまり役には立てそうにない。

それでも恋しい女が頼ってきたんだ。ここで引いては男がすたる。

金蔵はどんと胸を打ち鳴らした。

「おう、いいぜ。いくらいるんだ。百両でも二百両でも、いる額を言いねぇ」

「四十両なんだけど」

「いや、そりゃ無理だ」

名前に金の字が入っているのに、金蔵は金とは縁がない。四十両をぽんと出せるようなお大尽に、一度でいいからなってみたかった。

「なにさ、百両二百両って、大風呂敷広げたくせに。いくらなら出せるのさ」

「掻き集めに集めて、一両二分くらいなら」

「おふざけでないよ！」

情けないことに、お染はつんとそっぽを向いてしまった。

もちろん金があるのなら、百両でも二百両でも出してやりたい。惚《ほ》れた女の力にもなれぬ、甲斐性のなさが恨めしい。

やがてお染は袖に顔を埋《うず》め、さめざめと泣きだした。

「ごめんね金ちゃん、無理を言って。お前さんもご存じのとおり、紋日《もんび》前で金がいるんだよ。でもね、どうにもうまくいかなくって、嫌んなっちゃった」

「おお、そうかい、そうかい。可哀想に」

金蔵は震えるお染の肩を撫でてやる。細い肩だ。お染の涙に濡《ぬ》れた声はやけに色っぽくて、抗《あらが》いがたいものがある。

「だからね、もう死んじまおうかと思って。ごめんね、金ちゃん。アンタとは夫婦約束もしてある仲だけど、先に逝くね」

そう言ってついに、お染はわっと泣き伏してしまった。

死ぬとはまったく、穏やかでない。金蔵はどきまぎしつつも問い返す。

「本気か?」

「わっちを可哀想と思うなら、命日には線香の一本も上げておくれよ」

これは困った。惚れた女を一人で死なせるわけにはいかない。四十両の金はないけれど、命ならば金蔵も、一つだけ持っている。

「分かった。俺も一緒に死ぬ」

「金ちゃん」

お染ががばりと身を起こし、目を輝かす。そのとたん、金蔵はしまったと後悔した。

勢いに任せて死ぬと言ってしまったが、覚悟があったわけではない。まさかお染がこんなにも、乗り気になるとは思わなかった。するすると膝を進め、金蔵の手をぐっと握り込んでくる。

「本当かい。ねぇ、わっちと死んでくれるの？」

「ああ、うん。死ぬ、かな」

「歯切れが悪い！」

「はい、死ぬ。死にます」

こうなったらもう、後には引けない。ええい、ままよと頷《うなず》くと、お染が胸に飛び込んできた。

「嬉《うれ》しい、金ちゃん」

「おほっ」

女のたしかな重みを受け止めて、頭がのぼせたようになった。手紙に焚き染めてあったのと同じ香りが、物狂おしいほどに鼻先をくすぐる。

「それじゃあわっちら、極楽の蓮《はちす》の上で、晴れて夫婦になれるんだね。金蔵、お染、心中の道行きなんてさ、芝居になるかもしれないね」

聞いたこともないような甘い声で囁《ささや》きながら、お染は金蔵の胸の上にするすると指を滑らせる。「ス・キ」と書かれた気がするのは、思い上がりだろうか。

お染となら、共に死ぬのも悪くない。だんだんそう思えてきた。

「お、お、お、お染ェ！」

きつく抱き返そうとしたら、その前にお染がするりと腕から抜け出した。仕掛けの裾を払って、立ち上がる。

「じゃ、今から死のう」

「おいおい、待てよ」

お染の香りを嗅いだせいで、金蔵はすっかりその気になっていた。身の内に暴れるものを鎮めずして死んだんじゃ、なんとも浮かばれない心地がする。

「そんなに急がなくってもさぁ」

「なんだい、死ぬってぇのは嘘《うそ》なのかい」

「嘘じゃねぇ、嘘じゃねぇよぉ」

キッとなるお染を宥めつつ、腕を引いてもう一度座らせた。

「だけど死ぬ前に一発、じゃなかった。ええと、その前に俺にも、片づけておかなきゃいけねぇことがあるからよ。明日にしねぇか、明日に」

「そんなこと言って、逃げるつもりじゃなかろうね」

「逃げねぇよ。そうだ、二人で白無垢《しろむく》を着て刺し違えて死のうじゃねぇか。そうすると覚悟の上の情死ってんで、ますます語り草にならぁ。なっ、そうしようぜ」

「ううん、そうねぇ。悪くないかもねぇ」

「朝になったらいったん帰って、入り用の物を揃《そろ》えてまた晩に戻ってくるからよ。死ぬのはそれまで、待ってくんねぇか」

「分かった、必ずだよ」

よかった、どうにか明日まで命が繋《つな》がった。

お染がくたりと、胸に寄りかかってくる。

「金ちゃん、ありがとね。嬉しい」

ああ、なんと愛らしい。つれないふりをしていたお染がこんなにも、素直に甘えてくるなんて。

「お前さん、今夜は寝かさないよ」

そう言って、お染は金蔵の口を吸いながら、肝心要のものをキュッと握った。

「じゃあね、金ちゃん。くれぐれも、わっちとの約束を忘れないでおくれよ」

いつもなら「また来ておくれ」と玄関でそっけなく見送られるところを、お染は金蔵の腕にまとわりついて、瞳にうっすらと涙まで浮かべている。

このまま居続けちまおうかと、後ろ髪を引かれるほどの離れがたさ。なにせ昨夜のお染はすごかった。

懇《ねんご》ろな愛撫《あいぶ》は金蔵の総身に及び、言葉にするのも恥ずかしいほどのあれやこれや。心中をする前に、ひと足先に極楽へたどり着いてしまった。

元の形が分からぬほどとろとろに溶かされて、朝になっても金蔵は、夢見心地のままである。

「ああ、うん、分かった。必ず、守る。うん、必ず」

魂が抜けたように同じ文句を繰り返し、若い衆が並べてくれた下駄にふらふらと足を通す。上がり口に座る金蔵に、お染が後ろから覆い被さるようにして背中と腹を撫でてきた。

それだけで昨夜の昂《たかぶ》りを思い出し、いっそう惚《とろ》けたようになる。

脳みそから甘ぇ蜜が、じゅぶりじゅぶりと溢《あふ》れ出てるみてぇだ。

これほど幸せな気分になったことは、ついぞなかった。

小鳥がチュンチュンと鳴き交わす宿場町を、金蔵は定まらぬ足取りで歩いてゆく。どうも腰回りがふわふわと、浮いているようで歩きづらい。河童に尻子玉を抜かれた奴は、こんな心持ちなのだろうか。

高輪にたむろしている犬たちも、いつもとは様子の違う金蔵を気味悪がって寄ってこない。芝の漁師たちも、ウマヅラハギのように鼻の下を長くした男が歩いてゆくのを、眉をひそめて見守っている。

ああ、いい気持ちだ。お天道様は明るくて、海は広いし山は青い。この世にもう、思い残すことなぞなにもない。

これといって、いいことのない人生だった。おっ母さんには捨てられて、人から笑われ、馬鹿にされての三十年。お染のような女と死に花を咲かせることができるなら、それに勝るものはない。

オヤ、あの金蔵もやるね。憎いねなんて、人の口の端に上れば目っけ物。今まで馬鹿にしてきた奴らの見る目も変わるだろう。

「うん、悪くない、悪くない」

経文のように唱えながら、真っ直ぐ神田を指してゆく。

途中で見つけた道具屋で、金蔵は「ああ、そうだ」と足を止めた。

店が開くにはまだ早い。だが道具屋の小僧と思しきが、健気に表を掃いている。

「よぉ、後で小柳町まで人を寄越してくんねぇ。家財道具をありったけ、売っ払っちまうからよ」

「へぇ、小柳町のどちらさんで」

「鯔背《いなせ》の金蔵と言やぁ分かるよ」

「かしこまりました。鯔背の金蔵さんで」

なんて調子に乗って、小柳町まで帰ってきた。

「アッ、金蔵だ」

「こんな朝早くに、なにしてんだよぅ」

「頭からお神酒《みき》でもぶっかけられたような、変な顔してらぁ」

「へらへらしやがって、気味が悪ぃなぁ」

近所の悪餓鬼たちは、朝飯前でも元気なものだ。仕度の邪魔だよと外に追い出されていたものか、たちまち金蔵の周りに集まってくる。

あらためて見てみれば、可愛い奴らだ。子供たちはいつだって、忙しい親の代わりに構ってくれる相手を探している。

金蔵は手あたり次第に、子供らの頭を撫でてやった。

「よしよし、坊ちゃんたち。今朝も快活で、結構なことでござんすねぇ」

「うげぇ、なんだぁ」

「金公が、おかしくなりやがった！」

「ヤベェよぉ。怖ぇよぉ」

「逃げろ、殺される！」

子供たちはワッと声を上げ、散り散りになって駆けだしてゆく。

まったく、失礼なこともあったもの。それでも今朝の金蔵は、少しも腹が立たなかった。

「あんまり急ぐと、転んじまうよぉ」と、親切心で声をかける。

子供たちはその優しさに、ますます震ぇ上がっていた。

今か今かと、道具屋を待つ。

店が開いたらすぐ来てくれるかと思ったが、いっこうに来る気配がない。

普段の金蔵なら待っていられるかと飯でも食いに行くところだが、まぁあちらも忙しいのだろうと、にこにこしながら待っていた。

幸せで胸が詰まっているせいか、いつもの醜い食い意地も、いっかな頭をもたげてこない。お釈迦様の顔がなんだか腹いっぱいに見えるのは、さてはそのせいだな。幸せな奴は、そもそも腹が空《す》かねぇんだ。

これはいいことを知った。金蔵は足を結跏趺坐《けっかふざ》に組み、悟り澄ました顔で眼《まなこ》を閉じる。

南無阿弥陀仏、南無阿弥陀仏と頭の中で唱えれば、極楽浄土への道が開くようだ。風のない湖面のように、心が澄み渡ってゆくのを感じる。

昼過ぎまでそうしていたら、にわかに表が騒がしくなってきた。どうやら道具屋が着いたらしい。

「鰡背の金蔵？　うちにそんな人はいないよ。間抜けの金蔵ならいるけどね」

この声は、大家のおかみさんか。あの人にはずいぶん迷惑をかけてきた。そう呼ばれるのもしょうがない。

「金蔵さん。道具屋を頼んだ金蔵さんは、こちらでよろしいんで？」

外から遠慮がちに呼びかけられて、金蔵はようやくぱちりと両目を開いた。

「おう、こっちだ。水甕《みずがめ》から下帯まで、残らず持ってってくんな」

「ヤ、さすがに下帯はいりません」

障子戸を開けて入ってきた道具屋に、あれもこれもと押しつける。

「おい、待った待った。そこに溜まってる、竈《へっつい》の灰も買ってくれ」

「それは商売が違います。灰買いさんに頼んでください」

下帯と竈の灰は売れなかったが、鍋釜、布団、茶簞笥《ちゃだんす》に長火鉢、あらゆるものを売り払い、部屋は空き室同然になった。

「どうも、またのご贔屓《ひいき》を」

もはや売る物はないと分かっているのに、道具屋はお愛想を言って大八車を牽《ひ》いてゆく。金蔵の手元には、幾ばくかの金が残った。

中でもいい値がついたのは、商売道具の草紙類だ。あれがなければとてもじゃないが、まとまった金にはならなかったろう。

よしよし、首尾よくいった。この金で溜めに溜めた店賃もスパッと払って、身綺麗《みぎれい》にして死のうじゃないか。

大事な金を懐に仕舞い、金蔵はあらためて、がらんどうになった室内を見回す。

長年暮らしてきた部屋だ。悲しいときも嬉しいときも寂しいときも、雨風やカンカン照り、吹きすさぶ雪なんてものから金蔵を守ってくれた。

それなのに、ただ物がなくなったというだけで、やけによそよそしく感じられる。

あれ、俺って、本当にここで寝起きしてたんだっけか。

疑いつつ柱を撫でれば、たしかに酔った勢いでつけてしまった傷がある。台所にはあわや大火事かと焦ったときの煤《すす》の跡があるし、畳が焦げているのは寝煙草のせいだ。

人のいた気配ってのは、こんなにも簡単に薄れちまうんだなぁ。

幸せに満ちていたはずの胸に、ぴゅうっと隙間風が吹き抜ける。

なんだか腹も空いてきた。金蔵は、「ああ」と嘆いて肩を落とす。

「俺本当に、死んじまうのかぁ」

齢三十。取り立てていいことはなかったが、生きていればこの先、思わぬ幸運に恵まれたかもしれないのに。

やっぱりやぁめた！　と、手の裏を返してしまいたい。だが商売道具まで売ってしまっては、後の祭りだ。生き永らえたとしても、明日からの方便《たずき》が立たない。

「お染にも、必ずと約束しちまったしなぁ」

早まっちまったと、今さら悔やんでも遅い。お染は金蔵と、極楽の蓮座の上で夫婦になるのを楽しみにしているのだ。

懐に手を突っ込んで、少し分厚くなった財布を撫でる。今晩金蔵が現れなければ、お染は一人寂しく果てるのだろうか。

それはやっぱり、可哀想だ。

どんどん気が滅入ってくるが、しょうがない。死ぬための仕度を、続けるとしよう。

まずは大家に、溜めていた店賃を払って——。

いや本当に、払う必要があるのか？

死んでしまえば、店賃も飲み屋のツケも全部チャラだ。あの世にまで取り立てが来るはずもなし、そんなものを馬鹿正直に払うことはない。

「それにおかみさんは俺のこと、間抜けの金蔵と言いやがったしな」

よし、決めた。店賃なんざ、誰が払ってやるものか。

死ぬことの旨みなぞ、そのくらいのものしかない。

そうと決めたら大家のおかみさんに、「さっきの道具屋さんはなんだったの？」なんて問い詰められてはたまらない。さっさと家を出るとしよう。

金蔵は障子戸越しに、外の気配を窺ってみる。おかみさんの声はよく通るから、そのへんにいれば分かるはず。それぞれの家にお八つを食べに帰ったのか、子供たちの浮かれ騒ぐ声も聞こえない。

——さぁ、今だ。

金蔵は二度と帰らぬ覚悟の家に別れを告げ、するりと裏店の木戸を抜けて行った。

「いやお客さん、うちはツケは困りますねぇ」

呉服屋の手代が、苦りきった顔で金蔵の前に立ちふさがる。まだ二十半ばほどだろうに、こちらを値踏みするように、頭から爪先までじろじろと見遣ってくる。

嫌な野郎だ。内心ペッと唾を吐きつつ、金蔵は手代の横をすり抜けて、呉服屋の上がり框《かまち》に腰掛けた。

「なんでぇ、足元を見やがって。なにかい、俺がそんなに信用できねぇかい?」

「そういうわけじゃございません。手前どもは現銀掛け値なしでやっておりますんで」

ここは日本橋駿河町《にほんばしするがちょう》の越後屋《えちごや》だ。どうせなら、お染にいい白無垢を買ってやろうと赴いた。少しくらい高くても、例のごとく死んでしまえば踏み倒せる。そう思っていたのだが。

「じゃ、なにかい。大名だろうが公方様だろうが、金と引き換えじゃなきゃ品物は渡さねぇってことかい」

「左様でございます」

知らなかった。古着屋で擦《す》り切れた木綿を買うのが関の山の金蔵だ。生まれてこのかた絹物を扱う呉服屋など、暖簾をくぐったこともない。

「チェッ、だったらしょうがねぇ。なぁに、金ならあるんだ。白無垢を持ってきてくんな」

金蔵は任せなとばかりに胸を叩く。家財道具を売っ払った金さえあれば、二人分の白無垢くらいわけもなく買えるはず。そう高を括《くく》っていた。

手代のほうでは、金があると言うのなら追い返すわけにもいかない。渋々ながら奥に引っ込み、白無垢の反物を三つほど、胸に抱えて戻ってきた。

「おお、いいねぇ。ふんわりとした羽二重だ」

目も覚めるような、まっさらな白である。豆腐よりもまだ白い。骨の髄まで凍りそうな冬の朝に、しんしんと降り積もる雪の白さである。

——お染がこれを着たら、さぞかしきれぇなんだろうなぁ。

うっとりして手を伸ばしかけると、手代にサッと取り上げられた。

「おおっと、お手を触れませんよう」

「なんでぇ、俺の手が汚ぇみてぇじゃねぇか」

そう言いながら、己の手を見る。家を出る際に、台所の壁を撫でたのがいけなかったのか。手のひらの皺が、煤で黒くなっている。

「ヘン」

なにげないふりをして、金蔵はその手を自分の腰で拭った。

「いくらでい」

「お値札は、こちらに」

さすがは掛け値なしの越後屋だ。反物の一つ一つに、ごまかしようのない値札をつけてある。

金蔵はそれを覗《のぞ》き込み、「ウッ」と息を詰めた。

なんだこの値は。家財道具を十回売っ払っても、まだ手が届かない。お染が身に着けているものは、襦袢《じゅばん》や腰巻に至るまでが絹物だ。死に装束も「さすが白木屋のお染よ」と語り草になるよう見栄を張ってやろうとしたが、これはどうも雲行きが怪しい。

金蔵は、ゴホンと咳払《せきばら》いを一つ。「金ならある」と言った手前、引っ込みがつかない。

「ああ。でもよ、すぐにいるんだ。仕立てをする暇がねぇんだよ。着物の形にでき上がったのはねぇのかい?」

尋ねると、手代は口元に侮《あなど》りの色を滲《にじ》ませた。

「そういったものなら、古着屋でお求めになるのがよろしいかと」

呉服屋が取り扱うのは反物のみ。身丈裄丈《ゆきたけ》が多少違ってもよしとする、貧乏人の客は来ないのだ。

そんなあたりまえのことすらも、金蔵は知らずに生きてきた。


やっぱり俺は、死ぬしかねぇなぁ。

金蔵はとぼとぼと、日本橋を後にする。

越後屋を追い出されてから目についた古着屋に入り、白無垢はどうにか買えた。なるべく上等で汚れがなく、すらりとしたお染でも身丈が足りるものをと探したら、自分の分までは手が回らなかったが、べつにいい。お染の死に姿が綺麗であることが肝心だ。

はじめて入った店の手代にまで馬鹿にされ、金蔵は打ち沈んでいた。負けっぱなしのこの人生の、潮目を変えるつもりならば、最後の最後に美しい女と派手に浮き名を流すよりない。

そう思い詰めていた。

だけどもこの匕首《あいくち》で、うまく死ねるかねぇ
金蔵は白無垢を包んだ風呂敷の結び目に、引っかけて通した匕首をちらりと見る。

こちらも買い求めたばかりだが、なにせ金が足りなくて、赤鰯《あかいわし》のように錆《さび》が浮いたなまくらだ。鞘《さや》から抜き放てばそこらへんの野良猫が、ゴロニャンと鳴いて寄ってきそうである。

それでもまぁ、刀であることは間違いない。先は尖《とが》っているのだし、真っ直ぐに胸を突けば死ねるだろう。

これで心中の仕度は整った。せっかく金ができたと思っても、あっという間に素寒貧。そういえば朝からなにも食べていないが、飯屋に入る金すらない。

「はぁ、もうなにもねぇ」

身の回りのものは、綺麗さっぱり片づいた。多くを手にしていたわけではないが、金蔵を浮世に縛りつける力が、すっと弱まったのを感じる。

「あとはそうだなぁ。親分のところへは、挨拶をしとかねぇとなぁ」

鳶《とび》の甚五郎《じんごろう》親分には、ひとかたならず世話になった。死んだお父つぁんが子分だった縁で、身寄りを亡くした金蔵を、陰に日向に支えてくれたものである。

やがて金蔵も歳《とし》ごろになり、親分の下について仕事を学ぼうとしたが、なにせ亀より鈍臭い。高所で作業をする鳶はとても無理だということで、乾物屋の奉公に入れてくれた。だがそこでも乾いた馬の糞と椎茸を間違えたり、用もないのに台所へ女中を見に行くなどしていたから、ほどなくして暇を出されてしまう。そんなふうにいくつかの奉公先を転々として、それでも親分は金蔵を見捨てなかった。

「おめぇはアレだな、一人で身を立てられる仕事のほうがいいのかもしれねぇな」

そう言って、貸本屋組合に口を利いてくれたのだ。

親分は、口も悪けりゃ顔も悪い。唇が分厚くて、オコゼのような面つきをしている。気の弱い子供なら、見たとたんに泣きだすほどだ。

けど俺ぁ、親分ほど優しい人を見たことがねぇ。

死ぬつもりだと言えば、あの手この手でやめさせようとするに違いない。だからちょっと遠くへ行く用事があるとでも言って、暇乞いをしてこよう。

親分の顔を見たら、あとはするりと死ねそうだ。

その住まいがある深川《ふかがわ》へと、金蔵は足を向けた。

鳶の甚五郎親分は得意先での仕事を終えて、台所で沢庵を切っていた。

もうしばらくすれば女房が夕餉《ゆうげ》を拵えてくれるが、その前に大根のひね漬けなんぞで一杯やるのが幸せだ。燗《かん》をつけるのも面倒だから、冷やでクッと流し込む。それがたまらなく、臓腑に沁みる。

するとそこへ、勝手口から声がかかった。

「お早うございます」

「おう、誰でい」

「お早うございます」

「今時分に来て、お早うもなにもないもんだ。オイ、掃除屋か」

「へへッ。掃除屋と間違えてやがる」

この弛《ゆる》んだ褌《ふんどし》みたいな声には覚えがある。親分は糠味噌《ぬかみそ》のついた手を洗い、勝手口まで迎えに出た。

「なんだ、金蔵じゃねぇか」

「へェ、金蔵でございます。足元にあるのは雑巾」

「面白かねぇよ。相変わらず呑気《のんき》な野郎だ。ほら、ぐずぐずしてねぇで上がれ上がれ」

甚五郎は顎をしゃくり、台所と続きになっている座敷へと促す。

いつもなら「へェへェ」と遠慮なく入ってくるくせに、金蔵は「お邪魔します」なんて神妙な面つきをしている。これはなにか、頼みづらいことでもあるのか。

「マァあがんな」と、金蔵の分も酒を注いでやった。

「へぇ、おありがとうございます」

やっぱり妙だ。

こいつのことなら餓鬼のころから知っているが、よく言えば裏表がない、悪く言えば融通が利かないもんで、ずいぶんと手を焼かされた。だが不思議と憎めない性質で、「親分、親分」と懐いてくるのが可愛くもある。

息子のような、といえば出来が悪すぎて腹立たしいが、まぁ甥《おい》っ子のようなものだと思えばいい。今日はなんの用事だか、傍《かたわ》らに風呂敷包みなんぞを置いている。

「昨夜あたり来るかと思ったが、顔を見せなかったな。なにをしてやがったんだ」

「いや、まぁ野暮用で」

そう答えて首の後ろを掻いた金蔵の、にやけた口元を見てピンときた。きっと、女だ。

金蔵は女にはとんともてないから、素人ではあるまい。そういや品川に惚れた女がいるらしいと、若《わけ》ぇのが言っていたっけ。

女郎に惚れたところで尻の毛までむしり取られるのが関の山。いったいなにをしているのだか。ここはひとつ、理を問いておいてやろう。

「ところでお前さん、つまらねぇ女に熱くなってるそうじゃねぇか。よしねぇ、よしねぇ。物前じゃねぇか。金に詰まって心中でもふっかけられたらどうすんだ」

すると金蔵の首が、鶴《つる》のようにヒョッと伸びた。小さな目を、ぱちりぱちりと瞬《しばた》いている。

「なんでぇ、その顔は。そんなこともあるかもしれねぇから、気をつけろってこった」

「へェ。つきましてはわたくしも、少し都合を悪くしまして」

「あたりめぇだろ。ろくすっぽ稼ぎもしねぇで、食って飲んで女買ってちゃ、首が回らなくもなろうさ」

酒で喉を潤しながら、甚五郎は沢庵の皿を、金蔵のほうへちょっと押し遣ってやる。腹が減っているのか金蔵は、三切れつまんでいっぺんに口へ放り込んだ。

「ここはひとつ、国許へ帰ろうかと」

「ボリボリ嚙《か》み砕きながら喋るんじゃあないよ。国許もなにも、お前さんは江戸っ子じゃねぇか」

「ああ、違った。田舎へ行って稼ごうかと」

ごくりと沢庵を飲み込んで、金蔵は膝先へ手をついた。

なんだ、こいつ。貸本屋もうまくいかなかったか。

まぁしょうがない。お堅い筋に誤って、春本を持っていくような奴だ。むしろ今までよく続いたものか。

甚五郎は人差し指で耳を掻いて、指先をフッと吹いた。

「そうかい、そうかい。そうしねぇ。一度江戸を離れて苦労してみるのもいいかもしれねぇ。で、どこへ行くんだい」

「ずいぶんざっくりしてやがるな。いつごろ帰ってくるんだ」

「西のほうへ」

「お盆の十三日に」

「嫌なことを言いやがる」

こんな奴でも死んだ子分の倅《せがれ》だ。心配をしてやっているのに、どうも話が嚙み合わない。

「じゃ、なにかい。来年の七月十三日までかかるってのかい。ならずいぶん遠くへ行くんだな」

「人の噂によりますと十万億土」

「オイ、そりゃあ極楽浄土に至る道のりじゃねぇか。冗談言ってる場合じゃねぇ。はっきりしろよ。西へ参りますと言ったって、ただ西じゃ分からねぇ。どこなんだ」

「西方〜阿弥陀仏〜」

「なんだよ、さっきから縁起が悪い。オ、オイオイ、金蔵！」

まったく、埒《らち》の明かぬことばかり言う。半ば呆《あき》れて聞いていると、金蔵は出してやった酒を一気に流し込み、傍らの風呂敷をむんずと摑んだ。

そのまま後ろを振り返ることもなく、勝手口へと駆けだしてゆく。

「オイ、なんだよ。話半分で出てく奴があるか。おい、金蔵！」

甚五郎の声も届かぬふうで、外へ出た金蔵の下駄の音が、カンカンカンと遠ざかっていった。

「ああ、もう。さっぱり意味が分からねぇ」

酒でいい気持ちになるはずが、頭が痛くなってきた。甚五郎はこめかみを指でとんとん叩きながら、のっそりと立ち上がる。

「お勝手の戸を、開けっ放しで行きやがってよぉ。開けた戸を閉めねぇのは、便所で尻を拭かねぇのと同じことだと何度も教えてやっただろうに」

あいつは、なにを言ってやっても身につかねぇなぁ。

もっともそこが、金蔵の面白いところでもあるのだが。親分は立てつけの悪くなってきたお勝手の板戸を、「フン」とひと声かけて閉めた。

ふと目の端に、見慣れぬものが映った気がする。

ゆっくりと首を巡らせてみると、台所の水甕の上に、野暮ったい拵えの匕首が置かれていた。

「金公が忘れて行きやがったのか」

それにしてもなんだって、こんな物騒極まりないものを。

お盆がどうとか言っていたが、まさかあいつ、本気で死ぬつもりか?

ぞっとして、匕首の鞘を払ってみる。中から出てきたのは、赤錆だらけの刀身だ。こんなものでは青物も切れやしない。

「そういやあいつは、犬に絡まれやすい性質だったな」

おおかた、犬脅しのために持ち歩いていたのだ。

「つまんねぇ野郎だよ」

江戸を離れるというのなら、餞別《せんべつ》くらいは渡してやったのに。あんなに急いで行きやがって。

まぁいい。甚五郎は金蔵に、甘すぎるという自覚がある。泣きつかれるたび面倒を見てやってきたから、あいつはいまだに頼りないままなのだろう。

ここいらでひとつ、縁もゆかりもない土地で心を入れ替えて働けば、やっとひと皮剝けてくれるかもしれない。無事に帰ってきた暁には、盛大にもてなしてやるとしよう。

甚五郎は匕首をひとまず簞笥の中に入れ、飲み直しだとばかりに座り直した。

三　鳴かぬ蛍が身をこがす

どうも、臭ぇな。

喜助《きすけ》は口を真一文字に結び、顎を撫《な》でる。

剃《そ》り残しの髭《ひげ》が、ちくりと指先を刺した。

おおっと、いけねぇ。

髭は妓《おんな》たちに嫌われる。懐に忍ばせてある手鏡と毛抜きを取り出し、顎を反らせてたしかめる。

「すまねぇ、喜助さん」

喜助と同じく若衆部屋で寛《くつろ》いでいた米助《よねすけ》が、「へへッ」と首の後ろを掻《か》いた。鏡を構えたまま、そちらへと顔を向ける。

「ん、なにがだい」

「だって、臭ぇって」

ああ、声に出ちまってたか。

気をつけねばと思うと同時に、鼻先を異臭がかすめた。腐った卵のようなにおい。喜助は手にした鏡を、団扇代わりに煽《あお》ぐ。

「てめぇ、やりやがったな」

なにが可笑しいのか米助は、まだ「エヘヘヘ」と笑っている。お気楽な奴である。

白木屋《しろきや》の若い衆として、入ったばかりの新米だ。歳《とし》は十八。

妓楼《ぎろう》に流れてくる奴なんざ、どうせろくな人生じゃなかろうから、わざわざ来し方を尋ねはしない。だがこいつは自分から、「いやぁ、死んだおっ母《か》さんも女郎だったもんで」と身の上を語ってきた。

女郎といっても深川《しながわ》の、切見世だ。二畳間に板敷きと土間があるだけの部屋に母と暮らし、九つや十のころから客引きをしていたらしい。

「そのおっ母さんが死んじまったんですが、オイラにできることといったら客引きくれぇのもので」と、米助はやっぱり照れたように笑いながら言ったものだ。

世知辛い話だが、似たような話はこの妓楼には、五万と転がっている。米助というのもまことの名ではなかろうが、それは喜助も同じこと。不幸自慢をしだすと、きりがない。

「ちくしょう、勘弁してくれよ」

嫌なにおいはなかなか去らない。喜助は廊下に向けて切られた連子窓を開け、風を通す。

「こっちは一睡もしてねぇんだ。今のうちに休ませてくれや」

「へへッ。オイラは今夜が寝ずの番です」

知っている。だからこそ朝っぱらから、二人でごろ寝をしているのだ。

妓楼に客があるかぎり、見世の者はもしもに備え、誰か一人は夜通し起きておかねばならない。それが持ち回りの寝ずの番。昨夜は喜助の当番だった。

眠たいのを我慢して泊まりの客を送り出し、妓たちが二度寝したのを見届けてから、湯屋と床屋へ行ってきた。さてそろそろ仮寝をしようと横になり、いまひとつ寝つけぬうちに、髭の剃り残しを見つけたというわけだ。

ちくしょう、あの床屋め。杜撰《ずさん》な仕事をしやがって。

再度鏡に顎の下を映してみようとするが、自分では見づらい場所だ。毛抜きを近づけても、剃り残しがなかなか摘まめない。

「髭ですかい」

米助が気づき、にじり寄ってきた。

毛抜きを渡すと、なぜか嬉《うれ》しそうに笑う。変な奴に懐かれた。

「兄ィの顎は、ツルッとしていて綺麗《きれい》だなぁ」

「気色の悪ぃことを言うな」

「オイラはいつも、剃刀に負けちまっていけねぇ」

「お前ェの髭は、濃いんだよ」

濃いから床屋が丹念に剃刀を当てる。そのせいで肌が荒れるのだろう。

ぷちっと、剃り残しが毛穴から離れた感触があった。

「ありがとよ」と顔を正面に戻すと、米助はまだこちらに向かって身を屈《かが》めている。骨ばった指が、喜助の左の頬に走った傷を撫でた。

「この傷がなけりゃ、女にもてでもてて、しょうがねぇだろうに」

指の動きが、やけに艶《なま》めかしい。その潤んだ瞳に、察するものがあった。

「そうか、お前。自分でも客を取っていやがったか」

陰間《かげま》など、べつに珍しいものでもない。米助は返事の代わりに、寂しげに微笑んだ。生きるため、おっ母さんのためと客引きをする子供を、「お前はいくらだ」と買う客があったのだろう。

哀《あわ》れとは思うが、同情はしない。迫ってくる米助の肩を、手で押した。

「よせ。俺にはそっちの嗜《たしな》みはねぇ」

「分かってますよぅ」

喜助をからかったのか、それとも暗い過去を知っていてほしかっただけなのか。

明るく振舞ってはいても、米助はふとした拍子に影を見せてくる。こういうところを、楼主である親父様は気に入ったのか。

あのお人は、脛に疵《きず》持つ男が好きだ。もちろんこういう商売だから、清廉潔白では勤めがしづらかろう。だがそういった事情を差っ引いても、親父様は他に行くあてのない者を取りたがる。

きっと親父様自身が若い衆上がりであることと、無縁ではあるまい。そこから番頭に出世して、白木屋の婿養子に収まった。それ以前はどこでなにをしていたか知らないが、見世に拾われていなければ、非道に走っていたのかもしれない。

もっとも妓楼勤めじたい、人の道にもとる行いではあるのだが。少なくとも、手が後ろに回るようなことではない。

米助はぷっと片頰を膨らませ、体を離した。

「はい」と、剃り残しがくっついたままの毛抜きを寄越してくる。

——冗談だったことに、してぇんだな。

「ああ」

喜助は何事もなかったかのように、それを受け取る。袖口でちょっと拭いてから、鏡と共に懐へ仕舞った。

「あ、お染《そめ》さん」

気分を変えようとばかりに、米助が連子窓から外を窺う。

白木屋の廊下は中庭に面して、コの字に張り巡らされている。若衆部屋の連子窓からは、ちょうど向こう岸の廊下が見えた。

そこを、女郎のお染が渡ってゆく。

湯上がりなのだろう、襦袢《じゅばん》に半纏《はんてん》を羽織っただけの形《なり》で、広く抜かれた衿元《えりもと》が婀娜《あだ》っぽい。背筋がぴんと伸びていて、遠目にも美しかった。

昨日はずいぶん長湯だったようだが、今日は若い女郎たちと顔を合わせる前に、本部屋へと引き上げるらしい。その足取りが軽やかに見えるのは、気のせいか。

やっぱり、怪しいんだよなぁ。

剃り残しのなくなった顎を、喜助はもう一度つるりと撫でた。

「さすがに昨日の今日じゃ、決まりが悪かったようですね」

米助は勤めの初日に運び込む布団を取り違え、しかもそれがこはるのものだったせいもあり、お染から大目玉を食らっていた。それ以来本人を前にすると縮み上がってなにも言えなくなるくせに、声が届かぬところでは、こうしてせせら笑って見せる。

「ねぇ、兄ィ。すごかったんでしょう、昨日の大立ち回り。オイラは後から駆けつけたんだけども、こはるさんたら、ぼろぼろ泣いちまって可哀想だったなぁ」

あれには喜助も驚いた。長年板頭《いたがしら》を張ってきただけあって、お染は矜持《きょうじ》の強い女だ。人気が陰ってゆく焦りも、若い女郎に対する嫉妬も、外へ洩《も》らさぬよう努めていた。

心の底に溜《た》めていたものが、あんな形で噴き出すとは。お染はよっぽど、追い詰められていたと見える。

「しかしきつい女ですねぇ。盛りを過ぎた女の嫉妬は醜――」

みなまで聞き終える前に、勝手に手が動いていた。米助の両衿を取って、力いっぱい締め上げる。

「ウグッ！」と、息の詰まる音がした。

苦しいのか、米助が手首を叩《たた》いてくる。だがその程度じゃ、びくりともしない。肌荒れのひどい顔が、どんどん赤らんでくる。

しまった、熱くなりすぎた。

悔やんでも、後には引けない。喜助は見世に入ったばかりのころに言われた言葉を思い出し、米助にぐっと鼻先を近づけた。

「おい、てめぇ。誰のお蔭でおまんまが食えてると思ってんだ。女郎が必死に、股で稼いだ金じゃねぇのか」

米助だって物心つく前から、そうやっておっ母さんに食わせてもらってきたはずだ。目に涙を浮かべながら、小刻みに頷《うなず》いた。

「だったら女郎のことで、滅多な口はきけねぇはずだな？」

米助はさらに、目で大きく頷いた。

よし、潮時だ。

締め上げていた手を離してやると、米助は畳に手をつき、激しく咳《せ》き込んだ。荒い息の下で、「兄ィ、すいやせん」と健気に詫《わ》びてくる。

なぁに、こっちだってただの私情だ。

そのわりには、やりすぎた。喜助は厠《かわや》に行くふりをして、立ち上がる。

手にうっすらと血がついているのは、米助の荒れた顎から流れたものだ。着物の尻で、乱暴に拭う。

「剃刀負けには、へちま水でも塗っときやがれ」

負い目があるものだから、捨て台詞が締まらなかった。


喜助が白木屋に拾われたころ、お染はまさに花の盛りだった。あれはなんだと目を疑うほど、きらきらと光り輝いていた。

決してものの譬《たと》えではない。なんとなくあの辺が明るいなと思って目を遣ると、視界の真ん中にはお染がいるのだ。明かりのない真っ暗闇に押し込めても、体の内側からぼんやりと光りだすのではないかと思われた。

そりゃあ、男たちが引き寄せられるはずだ。まるで夏の羽虫のように、客はお染に群がって、その寵を競い合った。

喜助は当時二十三。お染が十八。

いけ好かない女だと思った。

そもそも、女というものに懲りていた。だからこそ、妓楼に職を得た。

喜助は元々、上州《じょうしゅう》の出だ。親は貧しい百姓で、子ばかり多い。おっ父《とう》は酒が入ると手がつけられなくなって、子らの中でも利かん気の強かった喜助をめった打ちにした。おっ母《かあ》と他の兄弟たちは、土間で殴られる喜助を横目に飯を食っていた。なんであそこで口答えなんかするんだろう。なんでおっ父を、機嫌よく飲ませてやれないんだろう。

みな、おっ父ではなく、喜助を厄介者と見做《みな》していた。

やってられるかと村を出たのは、十二のときだ。以来、ときに物乞いなどをしつつ、無宿者として生きてきた。長じてからは博徒となり、関八州を渡り歩いたものである。

運だけが頼みの渡世だ。どのみち、ろくな死にかたはしないだろうと思っていた。博徒一家の縄張り争いに巻き込まれるか、金を使い果たして行き倒れるか、追剝《おいはぎ》に刺し殺されるか、まぁそんなところだろう。

喜助の運は、思わぬところで尽きた。本庄領山王堂村《ほんじょうりょうさんのうどう》の博徒の親分の元に身を寄せていた際、その女に惚《ほ》れられた。

親分の女に手を出すのはご法度だ。そんなことは重々承知。しかし相手は思わずむしゃぶりつきたくなるほど熟れた女で、喜助はまだ若かった。ばれて困ることほど、容易《たやす》く露見するものだ。喜助は一家の子分に摑《つか》まって、とことん痛めつけられた。もう死んだかと思ったら水をぶっかけられて、また殴る蹴るの暴行を受けた。親分が様子を見にきたときは、もう体を起こせないのに髷《まげ》を摑まれ、無理に正座をさせられた。頬の傷は、そのとき匕首《あいくち》で刻まれたものだ。

自分でもその状態から、どうやって逃げ出せたのか分からない。明け方になり疲れを見せた子分の隙をついて、駆けだした。追っ手に摑まるすんでのところで川に落ち、そのまま流されていった。

三日三晩、名も知らぬ橋の下で震えて過ごした。信じられぬことに、生きていた。もはや博徒には戻れない。人に紛れたほうがよかろうと、傷も癒えぬうちから江戸に向かった。昔取った杵柄で、物乞いには慣れていた。

江戸ではしばらく、貧者の寄り集まる四ッ谷《よつや》の鮫河《さめが》橋《はし》に寝起きした。あの界隈《かいわい》には夜鷹もずいぶんいたが、みな等しく病持ちで、夜毎さ迷い歩く姿は亡者のようだった。

無宿の身なれば、日々僅《わず》かばかりの施しを受け、時とともに朽ちてゆくしかない。こんなことなら本庄で死んでおけばよかったのに、なぜ逃げおおせてしまったのかと、我が身を悔いた。

ならばもう一度、死ねばよい。今日やろうか、それとも明日かと考えはじめたころ、体中に黴《かび》の生えた老人から、鮫河橋の由来を聞いた。

なんでもかつての海はもっと江戸の内側にまで入り組んでおり、高潮の際にはこのあたりまで、海水が押し寄せてきたらしい。それで時折、鮫が見られることもあったから鮫河橋というそうだ。

嘘《うそ》のような話だと笑った。鮫が来るなら見てみてぇと言い合っているうちに、いつの間にやら、鮫を見に行こうという話になった。

翌朝になって誘いに行くと、老人は橋の下に敷いた筵《むしろ》の上で死んでいた。外傷はなく、夜中のうちに命の灯が消えたらしかった。あのあたりでは、よくあることだった。

喜助は一人、海を目指した。鮫洲《さめず》と呼ばれる、品川《しながわ》の海を。

海を見てから、死ぬつもりだった。

高輪《たかなわ》あたりで一日中、行きつ戻りつ、ぼんやりと海を見ていた。日が暮れたらどこか適当な太枝でも見つけて、ぶら下がろうと決めていた。

あたりまえだが、鮫は見つけられなかった。景色が茜色《あかねいろ》に染まるにつれて、東海道をゆく人影も、しだいに少なくなってゆく。掏摸《すり》を見かけたのは、そんな折だった。

品川宿へと向けて、どこかのお店の旦那と思しきが歩いて行った。そこへ足元の覚束ない酔客が踊り出て、真正面からぶつかった。その拍子に、ひょいと財布を掏ったのが分かった。

アッと思ったが、旦那は気づかず、詫びる男に「気をつけろ」とだけ言って先を急ぐ。さっきまでの酔ったふりはどこへやら、男はたしかな足取りでこちらへ近づいてきた。

死ぬ前に、善行を積んでおく気になった。

喜助はすれ違いざまよろめいて、男に肩をぶつけた。博徒時代に培った腕は、衰えてはいなかった。

掏摸の男が遠ざかってゆくのを見届けてから、喜助は旦那を追いかけた。掏り返した財布を手に「ちょいと、ちょいと」と肩を叩くと、閻魔《えんま》様のような顔が振り返った。

それが、白木屋の楼主だった。

女でしくじって懲りているなら、うちの妓たちに手は出すまい。

そんな理由で白木屋に雇われて、早や七年。品川の水にもすっかり馴染《なじ》んだ。

出入りの芸者やお針子、ときには見世の女郎から誘いかけられることもあったが、鮫河橋でさんざん鼻の欠けた女を見たせいか、少しも心は動かなかった。

お染のことも、はじめは嫌な女だと思っていた。

男など、金を運んでくる道具としか見做していない。どんなに猫撫で声で客に媚《こ》びても、見えぬところでこっそり舌を出している。「別れは寂しいよう」と、絞る涙も偽物だ。

「それでいいのさ。客はつかの間の夢に金を払うんだ。女郎の本音なんざ知りたくもなかろうさ」

真心のないことはできぬと渋るこはるに、そう言い聞かせていたこともある。お染は笑いながらこう続けた。

「わっちの本音を教えてやろうか。『てめぇら全員、金だけ置いて帰っておくれ』だよ」

そんな女に客たちは、ころりころりと騙《だま》された。大の男がなぜこんな小娘に手玉に取られるのかと不思議でならなかったが、それだけお染の見せる夢は濃かったのだろう。

噂《うわさ》に聞く姉女郎雛菊《ひなぎく》が仕込んだ、手練手管。それに加えてお染生来の薄情と芝居気が、絶妙に絡んで大輪の花を咲かせたものか。

お染は見世の若い衆にも人気があった。客からむしり取った金のうちいくらかを、気前のいいふりをして、「取っときな」と懐にねじ込んでくるからだ。華やかさは比ぶべくもないが、かつての親分の女と似ている気がした。

それでも、祝儀や駄賃がもらえるのはありがたい。

ちょっとした用を頼まれてやっただけでも懐紙に小粒を包んでくれるので、喜助はお染を軽蔑しつつも、御用聞きのように周りをうろつき回った。朋輩に陰口を叩かれたところで、どうせ物乞いをして生きてきたのだ。少しも恥ずかしいとは思わなかった。

そうやって、半年ほども勤めたころだったろうか。喜助が働きだしてはじめて、白木屋で自死が出た。部屋持ちの妓が、夜中のうちに猫いらずを食らって死んでいた。

よほど苦しかったのか妓は仰向けになり、虚空に爪を立てるようにしてこと切れていた。襦袢の前ははだけ、掻きむしったらしく、喉からは血が噴き出していた。

ひどい有様だったが、生と死を間近に見過ぎて、喜助はなにも感じなかった。「片づけておけ」と命じられるままに、なにも考えず、死んだ妓を筵に包もうとした。

そこを、お染に見咎《みとが》められた。

「女が嫌いなのはお前さんの勝手だが、少なくともわっちらが股で稼いだ金でおまんまを食ってんだ。せめてその妓に、手を合わせてやるくらいのことはできないのかい」

言葉だけで、頭をぶん殴られたような気がした。

いつの間に、死者に手を合わせるという、あたりまえのことができなくなっていたのだろう。目の前に横たわっているのはたんなる肉の塊ではない。昨日までたしかに生きて、笑ってもいた人だった。部屋の隅を見遣ると妹分の新造が、さめざめと泣いていた。

女郎ふぜいがという嘲《あざけ》りも、あったのだろう。喜助は女を憎んでいた。女を売り物にして生きる女郎も、その頂に立つお染のことも、胸の内で蔑み踏みつけて、どうにか己を保っていた。だが喜助は知らなかった。目の前の妓が抱えていた、死を選ぶほどの悲しみと苦しみを。

この妓もきっと、悩み傷つきながら、懸命に生きてきたのだ。光を失った目はぎょろりと見開かれたまま、己が身を置いた苦界を睥睨《へいげい》していた。

もういい、もういいんだ。

汚いものはもう、なにも見なくていい。どうか俺のことも、見ないでくれ。

喜助は手のひらで覆うようにして、女の瞼《まぶた》を閉じてやった。体が固まりかけており、手を離すとまたゆっくり開いてきてしまうから、しばらくそのままじっとしていた。

背後で様子を窺《うかが》っていたお染が、フンと鼻を鳴らして去ってゆく。これが板頭というものかと、身の毛が立った。

自分の都合で、男を振り回す女には違いない。だがお染には、女郎としての意地があった。体は売っても心までは誰にも渡すまいと、しゃんと背筋を伸ばしていた。

あの啖呵《たんか》は、小気味がよかった。

喜助が芯から身を入れて働きだしたのは、それからだ。

人として、女郎と接するようになった。

みなそれぞれに、悲しい身の上だ。けれども肩入れしすぎることはなく、見世の若い衆として、できるかぎりのことはしてやった。

嫌な客がついている間は、なにかあったらすぐ声をかけてやれるよう気を配り、好いた客なら少しでも長くいられるよう取り計らった。

そうこうするうちに、何人かの妓に惚れられた。

「親父様の恩を、仇《あだ》で返すわけにゃまいりませんので」

無宿者だった喜助が楼主に拾われたことは、見世の者なら誰でも知っていた。そう説いてやると、妓たちは想《おも》いを引っ込めた。

そして必ず、こう続けた。

「だけどお染姐《ねえ》さんに言い寄られても、同じことが言えるのかい?」

馬鹿なことを。お染には、たしかに一目置いていた。

それ以上の想いはなかった。


「喜助どん」

小便がしたいわけでもないのに無理に厠へ行って、若衆部屋に戻るか戻るまいかと迷っているところに、後ろから声をかけられた。

振り返れば、女郎のこはるだ。小柄なせいで上草履を履いていても、喜助より頭ひとつ分は小さい。湯上がりの艶々とした顔で、申し訳なさそうに微笑んでいる。

「あの、これ。遅くなっちまったけど、昨日のお礼」

そう言って、懐紙に包んだ小粒を差し出してきた。

この妓は、いつもそうだ。祝儀くらい景気よく振舞えばいいのに、金をよくないものとでも思っているのか、後ろめたそうに渡してくる。

「ありがとうござんす」

「昨日の」とは、お染との諍《いさか》いを止めた礼か。こはるからもらう義理はないが、くれるものならばと受け取った。

興盛を極めたお染の人気も、去年の暮れごろから目に見えて陰りだし、今やこのこはるが白木屋の板頭だ。お染とは裏腹の、野に咲く花のような可憐《かれん》さが客に受けている。

夢とはいずれ覚めるもの。時代が変われば客の好みも変わる。

お染が見せたどぎつい夢の後には、こはるの嘘偽りのない素朴さが、目新《まあたら》しく思えたのだろう。こはるが流行れば流行るほど、お染が得意とする手練手管は、ますます古臭く見えてしまった。

姉女郎の教えを引き継がせようとして、しくじったのがお染の運の尽きだ。自分とはまったく性質《たち》が違う妓の台頭に、なす術《すべ》を持たなかった。

ようするに、甘ったるい汁粉の後に、塩昆布を嚙《か》みたくなるようなもんだよなぁ。

たしかに可憐には違いないが、こはるには面白みが足りない。

あるいは、外連みと言ってもいい。

こはるが板頭になったのは、お染という稀代《きだい》のペテン師の存在があったればこそ。そうでなければ野暮ったい妓だと、見向きもされなかったかもしれない。

お染は客を言いくるめる言葉一つ取っても、よくもまぁ恥ずかしげもなくと呆《あき》れるほどあざとい。嘘の涙を浮かべるくらいはお手のもの。金のない客には冷淡で、よくよく聞けば袖にされたと分かりそうなものなのに、言われた相手は気づかず鼻の下を伸ばしていた。あれは見事なものだった。

だからこそ、今朝の見送りの態度が気にかかる。

金もない貸本屋の金蔵なんぞと朝まで過ごし、猫撫で声でまとわりついていた。金蔵の腑抜《ふぬ》けきった顔からも、腕に縒《よ》りをかけてもてなされたことが分かった。

あのお染が、見返りのないことをするはずがない。どうも、裏がありそうだ。

いったい馬鹿の金蔵と、なんの約束をしたってんだ。

臭い。臭すぎて、ぷんぷんにおう。

金蔵が帰り際に見せたにやけ面を思い出し、知らぬ間に舌打ちが洩れた。

「喜助どん?」

ああ、いけない。こはるが驚いている。

もらった祝儀を懐に入れ、喜助は軽く身を屈《かが》めた。

「お染さんからは、なにか言ってきやしたか」

「いいえ、今朝はまだ顔も合わせておりんせん。わっちから、部屋を訪うのもためらわれて」

「ああ、それはおよしなさい。ほとぼりが冷めるまで、こはるさんからはなにもしないほうがいい」

このお人好しから先に謝られては、お染は引っ込みがつかなくなるだろう。

こはるには、なんの咎もない。だが女郎らしからぬ純粋さが、ときに心を刺してくる。べつに痛くはないのだが、ちくりちくりとやられると、苛立《いらだ》ちが募る。

やっぱり俺にゃ、これを可愛いとは思えねぇなぁ。

若い衆の間でも、きついことは言わず、労いさえ口にしてくれるこはるは大の人気だ。米助など、「こはるさん、こはるさん」とうるさいくらい。その気持ちも、分からぬではないのだが。

きっと、心が汚れっちまってんだな。

どうしても、しっくりこない組み合わせというのはあるものだ。

その場に立ったまま、部屋に戻るこはるを見送る。小柄ではあるが、ぴんと伸びた背筋だけは、お染に似ていた。


今日はどうも、寝そびれる。

すっかり目が冴《さ》えてしまったが、寝ておかないと夜が辛くなる。水を一杯もらって今度こそ仮寝をしようと、喜助は台所へと向かった。

台所はコの字になった回廊の、角の先にある。広い土間と板間からなり、仕切りがないので客からも丸見えだ。それがあたりまえだから、べつに誰も気にしない。

ちょうど女郎たちの朝餉《あさげ》の仕度を終えたところで、下働きの者にもゆとりができたらしい。なにごとかを話し、笑い合う声が聞こえてくる。

そんな和やかな様子を窺うように、台所の手前に立ちつくす後ろ姿があった。

昨日はじめて触れたから分かる。羽織った半纏がずり落ちそうになっている肩は、いたいけなほど細い。よくぞそんな体で、長年板頭を務めてきたものだと思った。

「お染さん」

声をかけると、その肩がびくりと跳ねた。

「ああ、喜助どん」

お染は首をちょっと捻《ひね》り、決まりが悪そうに笑う。

早々に湯を済ませ、部屋で朝餉を取っているのではなかったのか。

「こんなところで、なにをしているんです。朝餉に不備でもありましたか」

「ないよ、そんなものは」

「なにか用があるなら、私に」

「いいや、お前さんの手を煩わすようなことはないよ」

以前は「ちょいと、そこの火鉢を動かしとくれ」というだけのことでも喜助を呼んだのに、近ごろはめっきり、用を言いつけなくなった。駄賃を弾んでやれないのを、恥ずかしく思っているのだろう。

馬鹿な女だ。そういうところが、いじらしい。

「親父様にご用ですか」

台所は、楼主のお部屋に接している。違うと分かっていたが、重ねて問う。

「なんでもないったら」

お染は喜助の追及を振り切って、裏梯子を駆け上がって行った。

なんでもないってことは、ねぇだろう。

お染が移り替えの金の工面に困っていることは、喜助だって知っている。元板頭の面目を保つためには、四十両の金がいるそうだ。

そのせいで、思い詰めてなきゃいいんだが。

女郎は容易く、死を選ぶ。ただでさえ、生き死にの境目を歩くような商売だ。ことが起これば、すぐ死に転ぶ。たいていは、男か病か、金だ。

まさか、お染さんにかぎって。と思いたいが、だったら台所になんの用があった。

刃物か？

ひやりとして、喜助は台所に踏み込んだ。

下働きの男たちが、板の間で車座になって煙草を吸っていた。

「どうしたんです、喜助さん」

血相を変えて入ってきた喜助に驚き、年嵩《としかさ》の料理番が立ち上がる。

「包丁は、足りてるか」

「包丁？」

きょとんとして問い直し、料理番は「ええ」と頷いた。

「みな自分の包丁を使っております。欠けはありません」

「そうかい。なら昼過ぎにもたしかめてくれ。これからしばらく寝るときにゃ、銘々の包丁を寝床まで持って入れ」

「そんな、危ないですよ」

「剝《む》き出しでとは言ってねぇ。なんとか工夫してくれ。頼んだぞ」

「はぁ」

ここまで言えば、女郎の自死を防ぐためと分かりそうなものなのに、料理番はまだぼんやりしている。これはまた、寝る前に声をかけておく必要がありそうだ。

さてひとまず、包丁はいいとして。

喜助は床板を踏み鳴らし、帳場へと急ぐ。そこには剃刀箱がある。

剃刀は女郎の身だしなみを整えるのになくてはならないが、自死や刃傷沙汰にも使われる。

当然見世のほうでも警戒し、帳場で本数を管理していた。

番頭はどこに行ったのか、帳場は空だ。喜助はさっそく膝をついて、剃刀箱の中をあらためる。一本二本と数え上げ、数が揃《そろ》っていることに安堵《あんど》する。

この剃刀箱も、妓たちの手の届かないところへ上げておこう。

さて、あとは――。

ふいに、猫いらずを食って死んだ妓のことを思い出した。

「ちくしょう」

あんなもの、見世のどこに仕掛けてあるか知れたものではない。

喜助は奥歯をきりりと鳴らす。それでも、探さぬわけにはいかない。

こっちはまだ、一睡もしちゃいねぇってのによぉ。

さすがに目の奥が、重く痛む。なんだってこんなにも、必死に駆けずり回らなきゃならないのか。

だって女郎におっ死なれたら、親父様から大目玉を食らう。それだけはご免だ。

やれやれと、首を振る。

そういやおばさんが、鼠が出て困ると零《こぼ》していたっけ。

遣り手の部屋は、二階の階段脇にある。

喜助は「よし」と膝を打って立ち上がり、急な階段を駆け上がった。


こめかみから流れる汗を、手の甲で拭う。

巾着状にしてぎゅっと握った手拭いには、掻き集めた猫いらずが入っている。

遣り手に仕掛けた場所を聞き、妓楼中を駆け回った。あるいは軒下に腹這《はらば》いになり、天井裏まで覗《のぞ》き見た。

幾人かの妓に「なにしてんだい」と聞かれたが、「建物の傷みを調べてますんで」と苦し紛れにごまかした。

「こんなもんか」

着物についた埃《ほこり》を払い、喜助はようよう息を吐く。大事にしたくはないから、すべて一人でやり切った。

あと気をつけなきゃなんねぇのは、ぶら下がりか。

これぱっかりは、どうしようもない。その気になれば、腰紐《こしひも》一本で事足りる。まさか妓たちから、そんなものまで取り上げるわけにはいかない。

ま、やるとしても夜中だろう。とにかく目を光らせておくしかない。

猫いらずを便所に捨てて、喜助は手を清めてから若衆部屋に戻った。

部屋の真ん中では米助が、布団を敷いて大鼾《おおいびき》をかいている。

まったく、気楽なもんだ。

大慌てで駆けずり回ってきた自分が、ずいぶんな間抜けのように思えてくる。

「おい、起きろ」

苛立ち紛れに、足で揺り起こした。いい夢でも見ているのか、米助は「うふふふ」と気色の悪い笑みを浮かべるばかり。

「おいってば！」

思いっきり肩を蹴りつけると、ようやく「ワッ」と叫んで起きた。

「なんだ、兄ィか。どうしたんです。なんだか薄汚れちゃいませんか」

「うるせぇ。いいから代われ」

喜助は夜着を持ち上げて、布団の空いたところに座った。ぐいぐいと体を押しつけ、そのまま米助を外へ追い遣ろうとする。

「よしてくだせぇよ。今何刻です。もちっと寝とかねぇと、夜がもたねぇ」

「寝ずの番なら、俺がやる。だから代われ」

眠かった。自分の夜具を出すのも億劫《おっくう》なほどに。米助の布団は若い男らしい草いきれのにおいがしたが、辛抱することにした。

「ヘッ、なんです。今夜なにかあるんで？」

「なんにもねぇことを願ってんだよ」

ようやく米助が観念して、場所を譲る。やっと眠れると思ったら、気が弛《ゆる》んで大欠伸が出た。

二日続けての、寝ずの番。なにが悲しゅうてと、胸の内だけでぼやく。

半ば目を瞑《つぶ》りつつ、横になろうとしたところで、背後の障子が開いた。

「おぅ、喜助」

またしても、邪魔が入った。入ってきたのは、見世の番頭だ。

「悪いがお前、付け馬やってくんねぇか」

「はっ？」

「居続けが、金がねぇと言いだしやがった。日本橋《にほんばし》の、小間物屋の若旦那だとさ」

付け馬とは、勘定の足りない客の家までついて行って、取り立てをする者のことだ。

よりにもよって、こんなときに。どんよりと、重い溜め息が洩れる。

「いや、兄ぃ。代わりにオイラが行きやすよ」

まだ新米の、米助に任せられる役目じゃない。小間物屋の若旦那という身の上が、吹かしでないとはかぎらないのだ。

金を払いたくない客は、あれやこれやの手を使い、付け馬を撒《ま》こうとする。まんまと勘定を踏み倒されでもすれば、こちらの落ち度だ。親父様の雷が落ちまくる。

どのみち誰かが行かねばならない。ならばこんなところで、ぐずぐずしていてもはじまらない。

「へい、分かりやした」

喜助は睡魔を振り払い、膝に手をつき立ち上がった。

「いやぁ、すみません。申し訳のないことで」

居続けの客は、たしかにどこぞの若旦那らしき形をしていた。長羽織なんぞをぞろりと着こなし、歩くたび小袖の裏裾模様がちらちら覗く。

なかなかの洒落《しゃれ》者だ。この若旦那なら、家に金がないということはあるまい。後ろについて行きさえすれば、きっちり払ってもらえそうだった。

「いいから、さっさと歩いてくだせぇ。時が惜しい」

日本橋まで行って、戻ってきたら、そろそろ見世が開く刻限だ。もはや、眠るのは諦めた。

どうやら、長い一日になりそうだ。

「分かっているよ、悪いのは私だ。だけどもうちょっと、離れて歩いちゃくれませんかね」

「いいや。それは、できぬ相談で」

妓楼の名が染め抜かれた半纏を着た男に、ぴったり後ろをくっつかれては、誰が見ても馬をつけられたと分かる。いわばこれは、見せしめだ。

隣近所に知られるのが恥ずかしいから、さっさと追い返そうとして、家の者もすんなりと勘定を払ってくれる。恨むなら、手持ちもないのに居続けをした己を恨めというものだ。

「だけどほら、私には近々見合いの話があってね」

「ほほう、そりゃあうちの妓が悲しみますねぇ」

「あんまりみっともないのは、困るんだよね」

「私は困りゃしません。お気遣いなく」

まともに取り合ってはいけない。見合い前に妓楼で羽目を外すような男だ。どのみち先が知れている。

こういうなよなよとした奴は、女郎にはもてるんだよなぁ。

手荒いことはしないから扱いやすく、それなりに顔もいい。そしてなにより、金のにおいがする。

おそらく妓のほうでも、こうなると分かっていながら、居続けを勧めたのだろう。

馬をやる、こっちの身にもなってくれってんだ。

「歩き通しでは疲れるだろう。ちょっとそこで、団子でも食べませんか」

「いや、真っ直ぐ行きやしょう」

「なんだか厠に行きたくなってきたなぁ。そのへんのお店で借りようかなぁ」

「なら、お供いたしやす」

逃げる隙を窺っているようだが、そう易々《やすやす》と、撒けると思ってもらっちゃ困る。家に金はあるだろうに、そんなにお父つぁんとおっ母さんに叱られるのが怖いのか。

とんだ甘ったれだ。反吐《へど》が出る。

こっちだって、見世の妓が稼いでくれた金を、握らずには帰れない。

「それで若旦那のお店は日本橋の、どのへんで？」

「ええと、人形町《にんぎょうちょう》のちょいと先かな」

言葉を濁してはいるが、育ちのよさか、嘘はつけぬ性質のようだ。日本橋に入っても、足は素直に人形町を向いている。

「あの、この辺りは本当に知り合いが多いから、もそっと離れて——」

「いえいえ、そういうわけにはまいりません」

そうこうするうち人形町通りを過ぎ、富沢町《とみさわちょう》に差し掛かかった。

この界隈は古着屋街だ。神田川《かんだがわ》沿いに出る床見世の古着屋なんぞより、扱うものの質はいい。

ゆえに目端の利く洒落者が、多く行き交っている。

そんな中、喜助は野暮ったい男を見つけた。

おや、ありゃあ金蔵《きんぞう》じゃねぇか。

古着屋の店先で、なにやら真剣に品物を吟味している。目を凝らしてよく見ると、手にしているのは女物の白無垢だ。

いったいそれを、誰に着せるつもりなのか。

「わっちとの約束を忘れないでおくれよ」

耳元に、お染の声がよみがえる。

まさか、その約束とは——。

おいおい、勘弁してくれよ。

そちらにすっかり、気を取られていた。その一瞬の隙を突かれた。

「あっ、コラ。待ちやがれ！」

若旦那が、喜助を振り切って駆けだしてゆく。喜助は慌てて、その後を追った。

ふざけんじゃねぇと、舌打ちが洩れる。そんな生っちょろい体で、逃げきれると思うなよ。

とはいえ地の利は向こうにある。角に入られ、姿をくらまされてはお仕舞いだ。

うんと手を伸ばし、どうにかその手前で、若旦那の羽織の衿を摑んだ。

そのまま地面に引きずり倒し、腕を捉えて馬乗りになる。込み上げる怒りのままに、怒鳴りつけた。

「ちくしょう、金公め。ただじゃ置かねぇ！」

「いてて、いや、私はそんな名前じゃ――」

「うるせぇ。てめぇは手間かけさせんじゃねぇ！」

若旦那の頭を、後ろからぽかりと殴りつける。

さぁ、こうしてはいられない。

喜助は若旦那を無理に立たせ、引きずるようにして小間物屋まで案内させた。

出迎えたおっ母さんは「見合い前に情けない」と泣き、お父つぁんと思しき御仁が、無言で勘定を支払った。

「へい、どうも。またご贔屓《ひいき》に」

去り際に塩を撒かれたが、喜助は歯牙にも掛けなかった。

厄介者扱いには、慣れている。

そんなことより、早く品川へ戻らなければ。お染の様子が気がかりだ。

帰りがけにもう一度古着屋の店先を覗いてみたが、金蔵の姿はすでになかった。

四　花はいろいろ

腹の底にぐっと力を入れて踏ん張っていないと、櫛《くし》の動きに合わせ、体が後ろに引っ張られる。不思議なもので首の力だけでは抗《あらが》えないが、丹田《たんでん》を意識するとどうにか持ちこたえられる。

「こはるさんの髪は、ますます艶やかにおなりだねぇ」

梳《す》き櫛を握る女髪結いが、うっとりと吐息を洩らした。

「それはきっと、お連《れん》さんに手をかけてもらっているからでありんしょう」

そう答えると、「あら、いやだ」と鏡越しに頰を赤らめる。

こはるの言葉に、嘘《うそ》はない。お連の腕前は、このへんの妓楼《ぎろう》を廻《まわ》る髪結いの中で一番だ。元々は、お染《そめ》がそう言って引き合わせてくれた。実際にお連がきりりと元結を締めた根は、寝床で多少激しく動いても崩れない。

品川《しながわ》の女郎は、髪をつぶし島田《しまだ》に結うのが普通だ。吉原《よしわら》の花魁《おいらん》のように横兵庫《よこひょうご》に結ってごてごてと飾り立てるわけではないから、金のない女郎は朋輩《ほうばい》同士で髪を結い合う。

だがお染はこはるがまだ新造だったころから、お連をつけた。

「形を作るだけなら素人にもできるけど、床に入るとすぐ崩れちまう。アンタも客を取るようになったら、ひと晩に三人、四人と廻ることもあるだろう。そんなとき、頭が崩れていたらみっともない。だから髪結いを頼むのさ」

さんざん待たせてしまった客でも、結いたてのような頭で会ってやれば喜ぶものだ。客の一人一人に誠を尽くしたいこはるにも、その教えはするりと入った。

「アタシも長年、色町で髪結いをやってますけどね、こはるさんのように素直な板頭《いたがしら》ははじめてですよ。ほら、気性と同じで髪まで真っ直ぐだ」

お連は鬢《びん》の毛を手に取り、櫛で梳かしながら油をつけてゆく。今度は斜め後ろに引っ張られるので、少しばかり釣り目になった。

「お染姐さんだって、素直でござんす」

「たしかにね。己の欲には素直なお人ですよ」

そんなつもりで、言ったわけではないのだが。

お染はいつだって、あらまほしき女郎の姿でそこにいる。客に誠を見せないのも、あの人なりの気遣いだ。「わっちらは客に夢を売ってんだ」という何度も聞かされた教えも、いい言葉だと思っている。

だが不器用なこはるには、一分の隙もなく塗り上げられた、女郎の面を被ることができなかった。

「わっちは、女郎の出来損ないのようなもので」

「あらあら、ご謙遜を」

口下手ゆえ、どう言えば誤解が解けるのか分からない。弁の立つお染の半分でもいいから、うまく喋《しゃべ》れるようになりたいと、もどかしく思う。

真心を、拙い言葉で伝えるのが精一杯。嘘をつこうとすると頬が引き攣って、ますます言葉が出てこない。呆《あき》れるほど不出来な女郎である。

「ならせめて、ありんす言葉を使ってごらんよ」と、勧めてくれたのもお染だ。

今どき吉原の花魁でも、古めかしいありんす言葉はめったに使わないという。それでも世辞の一つも言えないこはるに、多少の色気は添えてくれるかもしれない。

昔を知る見世のおばさんに言葉を習い、客の前で使ってみると、思いのほか面白がられた。陰気な新造だと嫌われるばかりだったから、客に笑ってもらえたのは、それがはじめてのことだった。

お染姐さんには、迷惑のかけどおし。至らぬかぎりの妹だ。

金の工面を申し出たのも、せめてもの恩返しのつもりだった。でもこはるは、またなにか間違えてしまったらしい。

「そういや大丈夫かい。お染さんにぶたれたところ。昨日はちょっと赤くなっていたけれど」

大袈裟な。赤くなっていたといっても、白粉を塗れば隠れる程度。お染姐さんは、女郎を疵《きず》物《もの》にしたりはしない。最初だけはうっかり手が出てしまったようだが、怒りが収まらなくてもその後は、襦袢《じゅばん》の袂《たもと》を使っていた。あんなもので、怪我をするはずがない。

「姐さんは、なにも悪《わる》うござりんせん」

「まぁ、こはるさんったら。健気にもほどがあるよ」

鬢を形作る手を止めて、お連が涙を拭う仕草をした。


健気だねぇ。お前は本当に、健気な子だ。

幾度となく、そう言われてきた。客にも見世のおばさんにも、玉代を競う朋輩にだって。

でもなにより先に思い出すのは、節くれ立ったおっ母《かあ》の両手だ。

こはるは江戸の外れの、新堀《にいぼり》村の出だった。高台から見る夕焼けの美しい地で、天気がよければ遠くに富士の山を望めた。春の桜も名物で、物見遊山に訪れる人も多かった。

美しい村だったのだと思う。だがこはるの記憶に沁《し》みついているのは、掘っ立て小屋のような家と、垂れ流しの小便のにおい。おっ父《とう》は頭痛を訴えて倒れてから、足が動かず寝たきりで、なけなしの田畑は荒れていた。

それなのに、弟や妹は毎年犬の子のように生まれた。おっ母は腹が大きいか乳飲み子を抱えているかで、やはり田畑の手入れができない。物心ついてからこはるとすぐ下の弟で鍬《くわ》を振るったが、取れる作物の量はしれていた。

こはるが十一になったころ、四人目の弟が生まれた。その他に、妹が三人いた。

おっ母は産婆も呼ばず自分で子を取り上げて、へその緒を切った。

生まれたばかりの赤ん坊は、痩せこけていた。おっ母もまたげっそりとして、十も二十も老け込んで見えた。その凋れた体からは、もう乳は出なかった。

こはるが赤ん坊を抱いて、隣近所に頼み込み、貰《もら》い乳をして回った。おっ母までが寝つくようになり、ひどい咳《せき》をしはじめた。

このままでは、おっ母が死んでしまうかもしれない。だが医者に診せたくても、滋養のあるものを食わせてやりたくても、草の根を齧《かじ》って餓えをしのぐような暮らしではどうしようもなかった。

娘ならば身売りをすれば金になると、教わったのはそんな折だ。貰い乳に行った家の爺様が、乳房に吸いつく赤ん坊を眺めながらそう言った。

「オラでも務まるか」と尋ねると、「そうだな。牛蒡《ごぼう》のようでも、娘は娘だ」と頷《うなず》いた。

さらに聞けば爺様は、これ以上の親孝行はないと言う。妹たちはまだ小さいから、売られるなら自分だと覚悟を決めた。

「どうかオラを売ってくれ」

そう切り出すと、おっ母は驚いた顔をした。おっ父はなぜか、ほっとしたように目元を弛《ゆる》めた。

「お前、聞いていたのかい？」

そのときは、おっ母の問いかけの意味が分からなかった。どうやら両親の間でも、何度か話し合いが持たれていたらしい。なかなか思いきれずにいるうちに、こはるのほうから申し出てきたというわけだ。

おっ母が青い顔で、這《は》うようにして床を出てきた。こはるに縋《すが》りつくようにして、顔を覗《のぞ》き込んでくる。

「どういうことだか、分かってるんだろうね」

「ああ。三軒隣の爺様が、親孝行だと言ってた」

頷き返すと、おっ母はぽろぽろと涙を零《こぼ》し、節くれ立った手でこはるの頬を包み込んだ。

「健気だねぇ。お前は本当に、健気な子だ」

おっ母に楽をさせてやれることが、こはるにとってはなによりの喜びだった。


この話をするとみな、こはるを健気だ、孝行娘だと褒めそやす。

本当に、そうなのだろうか。いい子だと言われる度に、こはるは首を傾《かし》げてきた。

ただ一人お染だけが、鼻を鳴らして「馬鹿な子だねぇ」と笑った。

そのとおりだと思った。

おっ母には自信満々に頷いて見せたくせに、こはるは売られた先になにが待ち構えているのか知らなかった。だから白木屋《しろきや》に売られ、おばさんに股の間をじっくりと品定めされたときには、驚いて泣きわめいてしまった。

はじめからこういう商売だと知っていれば、こはるは自ら「売ってくれ」とは言わなかったかもしれない。

つまりこはるは孝心からでなく、無知だったがゆえにここにいる。「馬鹿」と言ってもらえるのが、一番胸にしっくりときた。

とはいえ、根が単純にできているのだろう。妓楼での仕事のありようを知ってしばらくは落ち込んだりもしたが、自ら望んで売られたのだから、精一杯に勤めるしかないと心を入れ替えた。

金を稼げれば、親元にも送ってやれる。弟や妹たちは、これからが食べ盛りだ。こはるを売った金など、一時しのぎにしかならないだろう。

突き出しを済ませたのは、十五の歳だ。はじめはなかなか、人気が出なかった。見目は悪くないが話をしていてもつまらぬと、客の評判は散々だった。

見かねたお染が「ほら、言わんこっちゃない」と怒りながらも、上客を回してくれた。囲碁がめっぽう強い旦那で、お蔭でこはるの腕もめきめきと上がった。

碁盤を挟んでいれば、いかな口下手でも間が持つものだ。もしかしてと旦那に尋ねてみると、やはりお染の差し金だった。

せめて特技でもあれば、喜んでくれる客もいよう。そう考えて、こはるを鍛えさせてくれたの暮れからの勘定が溜まっているという。催促をしてものらりくらりと躱されて、そのくせ注文がうるさい。

「もううんざりですよ」と、お連は渋面を作って見せた。

髪結いへの支払いにも困るほど、お染は逼迫《ひっぱく》しているのか。それでも意地の塊のようなあの女郎は、朋輩に髪を結ってもらうのをよしとはしない。いつまでも矜持《きょうじ》に縋ってみっともないと言うむきもあろうが、それでこそのお染だった。

「勘定なら、わっちが」

「なに言ってんだい。こはるさんがそこまですることたぁないよ」

「新造のときは、姐さんがすべて工面してくれんした。このくらいは、恩返しにもなりんせん」

今手の届くところに、金はない。後で払うと言うと、お連はまた「健気だねぇ」と首を振った。

いや、違う。これは、こはるの我儘《わがまま》だ。

「お染姐さんにはいつまでもあの部屋で、根の崩れない髷《まげ》を結って、笑っていてほしいのでありんす」

「ああ、まったく。あの人は、いい妹を持ったもんだ」

それも違う。こはるはお染の期待に応えられなかった。

女郎という観念を懲り固めたようなお染を間近に見てきたから、自分が板頭の器でないことはよく分かっている。たまたまの巡り合わせで、この地位に就いてしまっただけのこと。六年もの長きに渡り、堂々と板頭を張ってきた「姐さん」には及ぶべくもない。

だがこれ以上言葉を重ねても、また健気だなんだと言われそうだ。

こはるは諦めて、口をつぐむ。お連も髷に取りかかっており、元結の端を歯に咥《くわ》えてキリキリと縛り上げている。髷を形よく仕上げるには力の入れ具合が肝要らしく、ここから先は、あまり無駄口を叩《たた》かない。

こはるは頭を動かさぬよう、腕だけ伸ばして鏡台の上に出しておいた簪《かんざし》入れを引き寄せた。吉原の花魁は簪を前後合わせて十六本も挿すと聞くが、品川ではせいぜい二、三本。贅沢が身に合わぬこはるには、ちょうどいい。縮緬《ちりめん》の簪入れは簪を六本挿して畳める造りになっており、手持ちはそれで事足りた。

お染がこの有様を見れば、「同じ簪ばかり挿してちゃ、みっともないよ。客にねだって、あと十本は買ってもらいな」と、顔を赤くして怒るだろう。でも簪なぞさほど欲しくもないから、うまくねだれるとは思えない。

わっちには、この一本があれば充分。

簪入れを開き、こはるは左端に挿しておいた簪を手に取った。お染の妹分になりたてのころ、移り替えの祝儀にもらった紅珊瑚《べにさんご》だ。

珊瑚は赤の色の濃さで値が決まり、これは血赤と称される逸品だという。

黒みがかって見えるほどの、深い赤だ。たしかに月ごとに体から流れ出てゆく血も、このような色をしている。

手に握り込むと、ひんやりとして心地よい。

「そんなもの、いつまでも使ってんじゃないよ」とお染に見咎《みとが》められるから、頭には挿せないが、眺めて楽しむだけならこはるの勝手だ。

珊瑚を握ったまま目を閉じれば、海に面したあの部屋の、波の音が聞こえてくる。

こはるがお染に引き合わされたのは、白木屋に売られた翌日だった。

「お入り」と言われておばさんが障子を引くと、お染は窓をすっかり開け放ち、格子に身を持たせかけていた。

どこまでも青く光る海を背に、湯上りの肌を冷まそうというのか、襦袢の衿《えり》を広く抜いている。長煙管《ながきせる》を使う手つきはたおやかで、物憂げな流し目に、ぞくりと脇腹が震えた。

「女郎だ」と、危うく呟《つぶや》きそうになった。昨日までそんな仕事があるとは知らなかった子供にも分かるほど、お染の表情や仕草は、男を喜ばせるために練り上げられていた。

あの一枚絵のような光景と、穏やかな波の音を、こはるは一生忘れないだろう。お染はそれまで見てきた女とはまるで違った。人の手で繊細に作られた人形のように、美しかった。

ぼんやりと見惚《みと》れていたら、隣に座っていたおばさんに膝を突かれた。二人で廊下に控えたまま、部屋には一歩も踏み入れていなかった。

お染に手招きをされると、急に恥ずかしくなった。無理に着せられた振袖は自分でも呆れるほど似合っておらず、手足を縮めてそのまま消えてしまいたかった。

「まぁまぁ、色の黒いこと。湯に入ってもこれかい」

どうにかお染の前に進み出て、なにを言えばいいのかとまごついていたら、さっそく厭味《いやみ》が飛んできた。こはるはびっくりして、目を大きく見開いた。

お染に比べたら、肌の色など誰だって黒い。そう思ったが、言葉は出てこなかった。

「なんだえ。なにか文句でもおありかえ」

軽く睨《にら》みつけられて、頭の中が真っ白になる。おばさんから「姐さんの前に出たら、手をついて『こはるです。よろしくお頼み申します』と言うんだよ」と教わっていたが、そんなことはすっかり忘れていた。

「あの、あの」

なにか言わなきゃと、気ばかり焦る。お染の背後で、鴎《かもめ》が鳴いた。

「海が」

「海?」

お染が訝《いぶか》しげに眉根を寄せる。おかしなことを口走っているという自覚はありながら、こはるは無理に言葉を押し出した。

「昨日と、違う」

「ああ」

それだけで、不思議と通じた。お染は頷くと、身を捻《ひね》って海を眺めた。

「そうだね。昨日は、雨だったから」

こはるが生まれてはじめて見た海は、どんよりとした灰色で、不機嫌そうに角立つ波が怖かった。あの波に足を摑《つか》まれて、この世の果てにまで引きずり込まれるのではないか。心配で心配で、昨夜はごうごうと鳴る波音が聞こえないよう、頭まですっぽりと夜着を被って眠りについた。

なのに海はたったひと晩で、有様を変えていた。べた凪《なぎ》に凪《な》いで、他になにがあるわけでもないのに、ずっと眺めていられる。心の中が、だんだん無に近づいてゆく。

「綺麗だろう?」

問いかけられて、頷いた。たしかに綺麗だが、得体が知れないとも思った。故郷の高台から見る富士は、天気によっては見えづらくとも、形を変えることはなかった。

しかも海の水は川と違ってしょっぱいというのだから、ますますわけが分からない。

こはるの混乱をよそに、お染が眩しげに目を細める。

「この海は、極楽に続いているのさ」

そう呟いた横顔は、なぜかその一瞬だけ幼く見えた。

「こはるさん、お疲れですか」

目を瞑《つむ》っていたので、眠ったかと思われたらしい。お連の呼びかけに、こはるはゆっくりと瞼《まぶた》を持ち上げる。

それと共に、耳元に打ち寄せていた波の音も遠ざかっていった。

「さぁ、できましたよ」

お連が手鏡を渡してくる。鏡台と合わせ鏡にして、結髪の出来をたしかめた。

髷の元結から後ろに突き出たところを一といい、そこを平べったく結うのがつぶし島田だ。一が長ければ長いほど、粋だと言われている。

さすがはお連だ。こはるの体つきや顔の大きさまで考えに入れて、釣り合いよく仕上げてくれる。今日も、文句なしの出来映えだった。

「ありがとうござりんす」

労《ねぎら》いの言葉をかけてやりたいと思っても、こはるにはこれが精一杯。そのぶん顔に表そうと、にっこりと微笑んだ。

お連は人がいいから、「おや、疲れが吹き飛ぶようだよ」と喜んでくれる。周りの人の優しさに、こはるはいつも助けられる。

鬢櫛、筋立て、きわ出し、髱《たぼ》かき、元六、はまぐり。結髪に使う道具は、柘植《つげ》の櫛だけでも多様な形と名前がある。お連がそれらの道具を片づけている隙に、こはるは手に握っていた珊瑚の簪を衿の合わせに挿し、立ち上がった。

茶簞笥《ちゃだんす》の抽斗《ひきだし》に、財布が入っている。暮れから溜めていたのならこのくらいだろうと見当をつけた額より、やや多めの金を懐紙に包んだ。

それをすっと、お連の懐に差し込んでやる。

「いいんですか、こはるさん」

お連は戸惑う素振りを見せたが、金を突き返してはこない。こはるはその胸元を、着物の上から軽く押さえた。

「その代わり、お染姐さんはもちろん、他の誰にも秘密にしておくんなんし」

こはるに情けをかけられたと知れたら、お染はまた怒り狂うに違いない。出過ぎた真似をしていることは分かっている。それでも、放ってはおけない。

「仏様のようなお方ですよ、あなたは」

金の力は凄《すさ》まじい。健気な娘から、仏に格上げされてしまった。

お連を送り出してから、こはるはふうと息を吐く。一人になると、急に肩の力が抜ける。

人といるのは、やはり苦手だ。

新造だったころも、名代を務めているとき以外はお染の傍《そば》に控えていなければならず、気疲れしていた。意に染まぬ言動ばかりして、しょっちゅう叱られてもいたし、またしくじりをしてしまうのではないかと怯えていた。

お染姐さんよりは、怖くない。

今でも客の前に出ると、そう思う。多少のしくじりは「気にしなさんな」と慰めてくれるし、口下手なのも「こはるはそれがいいんだ」と許してくれる。

姐さんよりは怖くない相手だから、大丈夫。苦手なことも、そうやって切り抜けてきた。きっとお染の意図から外れているのだろうが、厳しく躾《しつ》けてもらったお蔭である。

そういや姐さんに、朝焼けを見せてもらったことがありんした。

衿の合わせに挿した珊瑚を見下ろし、こはるはふふっと笑みを零す。

この簪をもらって、まだひと月も経っていなかったと思う。ある朝お染に、「起きな」と揺り起こされた。

夜の遅い妓楼では、早朝もいいところ。目を擦《こす》りながらついて行った先は、お染の部屋だった。

客は夜も明けぬうちに帰ったらしく、夜具は二つに折り畳まれていた。お染に手招きをされ、こはるは恐る恐る中へ入った。

「さあ、ご覧」

なぜだか声を弾ませて、お染は海に面した窓を開けた。その先に広がっていたのは、一面の赤だった。

「うわぁ」

声を上げて、思わず見入った。はじめて見る、海の色だった。

「今朝はずいぶんよく焼けたねぇ」と、お染はやけに誇らしげだった。

珊瑚が海のものと知ったとき、こはるはなぜこんな赤いのが海の底にあるのだろうと不思議だった。これが青や、くすんだ灰色であれば、海から生まれたのだと納得できそうなのだけど。

拙い言葉で問いかけると、お染は「面白いことを考えるね」と言った。そのときは、それだけだった。

「ね、赤いだろう」

ほつれた髪を潮風に遊ばせて、お染が笑いかけてくる。こはるは言葉もなく、頷き返すしかできなかった。

海は品川の東にあるから、夕暮れに染まる景色は見られない。だが朝にはいつも、共寝の客がいる。お染はこはるに問われてからずっと、客が早く帰る機会を窺《うかが》っていたのだ。

赤く煮えた、血のような海。お染はこの先に極楽があると言っていたが、本当だろうか。こはるの目には、噂《うわさ》に聞く血の池地獄に見えていた。

綺麗だけれど、なんと恐ろしい。いいや、地獄ではない。あれは浮世そのものではないか。

こちらの都合に構わず潮目を変えて、流れ流され、そうしてわっちらは女郎になったのだ。

極楽などきっと、どこにもない。こはるはそう思っている。だから海の見えないこの部屋でも平気だった。

板頭だからとか、そんなことはどうだっていい。どうかお染姐さんから、あの眺めを奪わないでやってほしい。姐さんの極楽は、あそこにしかないのだから。

そのためには、この度の移り替えをつつがなく終えてもらわなければ。女郎としての体裁が整えられなくなったとなると、いかな親父様でも、大目に見てはくれないだろう。

だが金を工面するということはるの申し出は、お染の矜持を傷つけるだけだった。ならこはるからとは分からぬように、手を回すしかあるまい。

こはるは文机《ふづくえ》の前に座り、玉帳を開いた。

客にはいつも、「その可愛い声で、もっとおねだりしておくれ」と請われている。べつに欲しい物はないし、板頭の地位に執着もないから、なにも言えずにきたのだが。

お染のために金を出してやってほしいというのは、おねだりのうちに入るのだろうか。

そんな我儘を聞いてくれそうな心当たりは、一人いた。

無茶なお願いかもしれないが、やってみよう。

見世が開くまでは、まだしばらくある。こはるは硯箱《すずりばこ》を開けると、一心に墨を磨りはじめた。

五　ゆるさんせ

ショリショリショリと、剃刀を研ぐ。

小振りの砥石は、下働きの隙をつき、台所から持ち出した。剃刀の刃のついている面を押し当てて、丁寧に研いでゆく。

お染《そめ》ほど年季を重ねれば、あらかじめ剃刀の一丁や二丁くらい、剃刀箱からちょろまかしておくのは容易なことだ。

いちいち帳場に借りに行くのが面倒だったせいだが、知らず識らずのうちに、いつかこんな日がくることを悟っていたのかもしれない。

お染は日に透かすように、剃刀を掲げ持つ。刀身にうっすらと、自分の顔が映っている。

いや、これは本当に己の顔なのだろうか。

雛菊姐《ひなぎくねえ》さんを筆頭に、あるいは自害、あるいは病、あるいは殺されて死んでいった、名も知らぬ女郎たち。この白木屋《しろきや》に長年彷徨《さまよ》い続けてきた魂たちの、凝り固まった姿に見える。

こっちへおいで。楽におなりと呼び掛ける声が、波の音に交じって聞こえるようだ。

――そうかぇ。わっちも、ぬしらの一員になるんだねぇ。

不思議と恐ろしくはなかった。ぬるく穏やかな海に包まれ眠るように、女たちの魂と溶け合ってゆく。これほどまでに心安らげる救いが、他にあるだろうか。

——ねぇ、雛菊姐さん。

剃刀に映る顔が、小作りな雛菊のものになる。呼び掛けると、うっそりと微笑み返してきた。

姐さんは、可哀想がられながら死んじまった。でもね、わっちは見事にやり遂げるよ。

哀《あわ》れとも、惨《みじ》めとも思われたくはない。あっぱれお染姐さんと、手を叩《たた》きたくなるほどの心中をし遂げてやる。

相手があの金公《きんこう》ってのが、ちょっと頼りないけどねぇ。

金蔵《きんぞう》は、今夜本当に来るだろうか。気が変わらぬように、昨晩はたっぷり愛嬌《あいきょう》をくれてやった。明け方までねっとりと、腕に縒《よ》りをかけてもてなした。

あれですっぽかされちゃ、割に合わないよねぇ。

男なんぞに魂を握らせてなるものかと、この歳《とし》まで間夫《まぶ》も作らずやってきた。誰かの訪れが待ち遠しいなんて、ついぞないことだった。

早く来ておくれね、金ちゃん。

剃刀の中の女が、にたりと歯を見せて笑う。

それが誰だか、お染にはもう分からなかった。

カチッ、カチッ、カチッと、切り火を打つ音がしたら、見世がはじまる合図である。

若い衆が二階の部屋から一階の部屋、廊下へと、見世じゅうを歩き回りながら火打ち金を鳴らしてゆく。

これが済むと一階の広廊下からドン、と目方のあるものを打ちつける音がする。続けてドンドンドン、ドンドンドン。これが聞こえてきたら、女郎は「さて、そろそろ」と腰を上げる。

わっちも、これが最後の張り見世だ。存分に務めてこようかねぇ。

お染もまた、仕掛けの裾を捌《さば》いて立ち上がった。

玄関の横の、まるで鳥籠のような格子の張り見世。少しくらい体の具合が悪くても、我慢をして毎日欠かさず座ってきた。明日からはもう、ここに並んで大根や人参のように品定めをされずに済むと思うと、清々する。

「オヤ、お染姐さん。今日はなんだか、機嫌がいいじゃないか」

一階の廊下で、ちょうどおりくと行き合った。思ったことを、なんでも口にする女だ。

若さだねぇと、お染はやっかむでもなく目を細める。乱杭歯《らんぐいば》を剝《む》き出しにして笑う、その不器用さが愛《いと》おしかった。

「アンタはさ、張り見世から客に微笑みかけるとき、口を閉じてな。それだけでずいぶん、客の入りが違うと思うよ」

妹女郎でもないのに、柄にもない助言をしてしまった。おりくは「ハァ」と、不思議そうに首を傾《かし》げる。

「ありがとうござんす」

この妓《おんな》はたしか、上州《じょうしゅう》の寒村の出だったか。年季が明けるまでは、まだうんざりするほどの月日がある。帰るところもなかろうが、どうにか生き永らえてほしいと、勝手な願いを胸に抱いた。

さて女たちが、左から稼ぎのいい順に張り見世に座ってゆく。一番左は、当然のごとくこはるである。

お染が入ってきたのを見て、こはるは怯《おび》えたように身をすくめた。

よかった。顔に傷はつかなかったようだ。

自分で打っておいて、ホッとする。女郎は髪の一本一本までが売り物だ。見た目を損なっては、仕事に差し障る。お染のせいでこはるの玉代が下がりでもしたら、遣り手からこっぴどく叱られることだろう。

お染は自分の席に着く前に、スッとこはるの背後に立った。その隣に座る一ツ目の女郎が、なにをする気かと身構える。

それなのにこはるときたら、身を守る術《すべ》など知らぬかのように、申し訳なさそうな目でお染を見上げてくるではないか。

まったくこれじゃ、先が思いやられる。

お染は呆《あき》れ、唇の端をちょっと持ち上げた。

アンタみたいな女はさ、どっかのお大尽にでも、いち早く落籍《ひか》されちまいな。そうでなきゃ、くだらない野郎につけ込まれて死んじまうよ。

「こはるさん、昨日は申し訳ないことをしたね」

まことの想《おも》いは胸の襞《ひだ》に畳み込み、お染は詫《わ》びの文句を口にした。頭も下げず、真っ直ぐに相手を見据えてのことだったから、厭味《いやみ》と受け取った者もいたかもしれない。だがこれが、お染には精一杯だった。

「いいえ、姐さん。わっちこそ、出過ぎた真似をいたしんした」

こはるが膝の前に、美しく両手を揃《そろ》える。

「なんでアンタが謝んのさ」と、朋輩が怒るほどのお人好し。

こんなところで出会わなければ、わっちらはもっとうまくやれたのかもしれないねぇ。

詮無いことを考えながら、お染はようやく座に着いた。

さりげなくこちらの様子を窺《うかが》っていた喜助《きすけ》が、それを合図に表へ向かって塩を三度撒く。続いて玄関の上に飾ってある神棚に向かって柏手を打ち、おもむろに一番から三番までの下足札を取り出して、上がり口へと並べた。

さっきドンドンドンドンドンと廊下に打ちつけられていたのは、これの束だ。長さ四寸、幅三寸ほどの板で、上部に穴を開けて紐《ひも》を通してある。

その札を今度は一枚ずつ床に打ちつけ、次の札をパチンと打つ。「チュウチュウチュウ」と、ねず鳴きしながらこれをやる。そして最後に、入り口の柱をドンドンドンと打つ。すべては、客を招くにあたってのしきたりだ。

はじめのころはおかしなものだ思ったが、この光景にもすっかり慣れてしまった。それが済むと喜助は張り見世に入ってきて、居並ぶ女郎に上座から、順番に切り火を打ってゆく。

これにて客を迎える準備は、万端に整った。

金ちゃんは、何刻ごろに来てくれるだろうか。

澄まし顔で座していても、考えるのは金蔵のことばかり。

早く来ても、どうせ皆が寝静まるまではなにもできない。けれども、なるたけ早く顔を見せてほしい。

痘痕《あばた》の残るあの面に、会いたくてたまらないなんておかしなものだ。約束を違えるつもりはないのだと、安心させてほしかった。

見世が開くと、すぐにお馴染《なじ》みがやって来る。会いたくて居ても立ってもいられなかったというように、敵娼《あいかた》に連れられ部屋へと急ぐ。

「こはるぅ。ほれ、くず餅だぞぉ」

今日の一番の客は、昨日の朝も見た、どこかの隠居だ。いい歳をして、三日にあげず通ってくる。

「ありがとうござりんす。膝の具合はいかがなもので?」

こはるときたら相変わらず、色気のない応対だ。だがあの妓は、あれでいいのだろう。隠居も幸せそうな顔をしている。

太い客がついている女から順に、どんどん席を外してゆく。

馴染みの客は、だいたい宵五つごろまでには来てしまう。五つ半を過ぎると、初会が増える。

じりじりとして待っているのに、金蔵はなかなか姿を現わさない。客同士の「ヨォ、金公」と笑い合う声に顔を上げれば、似ても似つかぬ男である。むしろあちらのほうが、顔がいい。

遅いねぇ、金ちゃん。なにしてんだろうねぇ。

身の回りを片づけるのに、思いのほか時がかかっているのだろうか。だけども男の一人住まい、さほどの物はないはずだ。

まさか、怖気《おじけ》づいたんじゃ――。

ひやり。胸の上を、冷たいものが滑ってゆく。

どうしよう。もしも金蔵が、来なかったら。

一人で死ぬのは嫌だ。あんな惨めな死にかたはない。

行灯部屋にぶら下がった雛菊姐さんを、はじめに見つけたのはお染だった。首がだらりと伸びていて、死んでいるのは明らかだったが、必死に膝を抱えて持ち上げようとした。喉が裂けそうになるほど、「姐さん、姐さん」と泣き叫んだ。

お染はたちまち、雛菊姐さんの体から流れ出た大小便にまみれた。騒ぎを聞きつけて駆けつけた若い衆が、「うわっ」と顔をしかめて立ち往生した。その後も人は集まってきて、雛菊姐さんの別人のような死に顔は、多くの目に触れることになった。

「人気の女郎も、こうなっちゃおしまいだ」

そう呟《つぶや》いたのは、誰だったのか。声のしたほうを咄嗟《とっさ》に睨《にら》みつけたが、出どころは分からなかった。

間夫に裏切られて死ぬなんて、つまらない死にかたに違いない。でも悲しんでいる者の目の前で、そんなことを言う必要があったのか。女郎に身を落とした女は、死に様まで馬鹿にされなければいけないのか。

いつも人に囲まれていたのに、一人っきりでこと切れてしまった雛菊姐さん。どんなに恐ろしかったろう。どんなに苦しかったろう。どんな思いで、命の灯が消える瞬間を迎えたのだろう。

嫌だ。嫌だ、嫌だ。一人では、死にたくない。

金ちゃんが、来てくれなかったら——。

そのときはまた、べつの人を探す？

だが金蔵ほど、乗せられやすい男がいるだろうか。もてなすのが嫌でつれなくしても、「他の客の手前、しょうがないんだよ」と言い聞かせてやれば信じ込む。

そういや一度だけ、将来夫婦になる証の起請がほしいと、駄々をこねたことがあったっけ。そのくらいならお安いご用だ。あんなもの、たいていの馴染には書いてやっている。「命の次に大事にするよ」なんて、泣いて喜んでいたじゃないか。

それなのに、わっちを裏切るなんて許さないよ。

今夜来なくても、使い番に頼んでなにがなんでも引っ張ってこさせよう。そうだ、そうしよう。

そんなふうに、まったく別のことに気を取られていたからいけなかった。

玄関に、一人の客が入ってくる。そのとたん、売れ残っていた他の女郎たちがサッと目を伏せた。

二本差しの、浅葱裏《あさぎうら》だ。お染はうっかり出遅れた。

鬼瓦のような風貌のその男と、真正面から目が合ってしまった。

妓楼《ぎろう》で嫌われる客の筆頭は、江戸勤番の侍だ。着物の裏地に浅葱木綿を用いることが多いから、浅葱裏。みな押し並べて、野暮な田舎者である。

訛《なま》りが強くて聞き取りづらいが、お染に揚がることになってしまった某という勤番侍は、国許の母親が倒れ、急ぎ帰るところなのだという。

その途中、どのみち宿は取らねばならぬし、ならば最後に品川《しながわ》で、江戸の垢《あか》を落としていこうと思い立ったわけだ。おっ母《か》さんは今も病に苦しんでいるだろうに、とんだ親不孝者である。

「そうかえ、それは大変だったねぇ。お腹《なか》は空《す》いていないかい。台の物でも取ろうか」

お染が気を遣ってやっても、侍は口を真一文字に結んで首を振る。勤番侍は、金もない。夕餉《ゆうげ》はおおかた、外で食べてくる。

「だけどほら、お酒ばっかりで摘まむものがないんじゃ、悪酔いをしないかい」

目尻の皺《しわ》が気になって、微笑むのもひと苦労。侍が、唾《つばき》を飛ばしながらなにか言う。いらぬ世話だとかなんとか、それに近い言葉らしい。

聞き取れなくても、「そうかえ、そうかえ」と聞き流す。ここでしつこく問い返しでもしたら、相手が機嫌を悪くする。

なんだってこんな夜に、浅葱裏が揚がっちまうんだか。ついてないねぇ。

お染は袖で口元を隠し、目立たぬように溜《た》め息を落とす。

不作法な浅葱裏なんぞを本部屋に通したくはないから、約束した人が来るからとことわって、名代部屋に入れてもらった。つまみがいらぬというなら好都合だ。酒を勧めて、さっさと酔いつぶれてもらおう。

お染は燗《かん》徳利を手に取って、侍の脇ににじり寄る。

「ささ、ならば飲んでおくれ。わっち、お酒に強い殿方って好きさ」

だが浅葱裏というのは、酒には底なしに強い。

注いでは干し、注いでは干しを繰り返すうちに、酌が間に合わなくなってくる。徳利も三つ四つと空いて、それでもなお侍は、乱れもせずに飲んでいる。

いい加減にしやがれと、お染は腹の中で毒づいた。

「マァ、すごい。水のように飲んじまうね。ちょいと、お燗場へ行ってさ、追加を頼んでくるよ。待っててておくれ」

こんな客に、長々とつき合ってはいられない。お茶を濁して下がろうとすると、ごつごつとした手に、はっしと腕を摑《つか》まれた。

「ヒッ！」

恐怖のあまり、喉が引き攣《つ》る。お染はそのまま、グイッと後ろに引き倒された。

「痛い、痛いよ。やめておくれ」

叫んでも、ぎりぎりと食い込む指は外れない。まだ若い衆が布団を敷きにきてもいないのに、侍が上にのしかかってくる。

酒臭い息が、頰にかかった。目元がほんのりと赤らんでいるから、相手も酔ってはいるのだろう。お染の顔の近くで、なにごとかを喚《わめ》いている。

言葉が分からなくても、こんなときに投げつけられる文句はだいたい同じ。女郎ふぜいがつべこべ言わずに股を開け、それが嫌なら金を返せ。まぁ、そういったところだ。

浅葱裏が嫌われるのは、野暮な田舎者だからでも、金がないからだけでもない。なによりも身分を笠に着て、居丈高に振舞うせいだ。

「痛いってば！」

ちくしょう、この馬鹿力め。こんな無理強いをしなくたって、力で敵《かな》わないことは分かっている。ちっぽけな女郎一人を虐げて、なんになるっていうんだ。

こんなことを言ったら怒るだろうけど、わっちだって、アンタが心配している国許のおっかさんと同じ女なんだ。それにアンタだって、そこらへんにいる物乞いと、ぶら下げてるものは同じじゃないか。

人間なんざ、一歩踏み間違えればみんなこっち側さ。

悔しい。心底悔しいが、下手に抗えばいっそう痛い目を見るのだろう。しょうがない。ほんのちょっとの辛抱だ。

そう諦めかけたとき、中の騒ぎに気づいたか、喜助が廊下から呼びかけてきた。

「お染さん、ちょいとよろしいですか」

その拍子に手首を締めつけていた侍の力が、ふっと弛《ゆる》む。今だとばかりに、お染は男の体の下から這《は》い出した。

「はいはい、ただいま」

乱れた鬢《びん》の毛を撫《な》でつけて、お染はいそいそと廊下に出る。足元に喜助が、膝をついて控えている。

「手を、どうかいたしやしたか」

そう聞かれ、手首を撫でさすっていたことに気がついた。

白い手首にくっきりと、指の形が浮かんでいる。

「なんでもないよ」と答え、袖の中に隠した。

「そんなことより、なにか用があるんじゃないのかい」

「へェ、客が参りました。貸本屋の金蔵で」

「マァ、そう！」

やっと来た。待ちに待って待ちかねた。それでも、約束を違えずに来てくれた。

よかった。これで、今夜のうちにこの世とおさらばできる。

「ですが、なんだって金蔵なんぞを本部屋へ？」

おっと、いけない。喜助とは長いつき合いだ。あまり浮かれていては怪しまれる。邪魔が入って心中のし損ないなんて、笑い話の種にもならない。

お染は訝《いぶか》しげに眉を寄せる喜助の肩に手を置いて、囁《ささや》きかけた。

「今夜だけだよ。なんでも賽子《さいころ》で馬鹿ツキして、まとまった金が入ったらしいんだ。それをそっくり、いただいちまおうって腹さ」

「ハア、なるほど。お染さんも人が悪いや」

喜助が笑うと、頰の傷もくの字になる。この男の顔も、見納めだ。

「じゃあちょっと、顔だけ出してくるよ」

浅葱裏にはいったん席を外すとことわって、まずは金蔵を見舞ってこよう。今夜死ぬのだと思ったら、いけ好かない浅葱裏の相手も平気に思えてきた。

わっちの魂に、傷をつけられるのはわっちだけなのさ。

「ア、ちょいとお待ちを」

すぐにでも本部屋へ駆け込みたいのに、まだ言い足りないことがあるのか、喜助が手を振って呼び止める。

「それから名代部屋の三番に、石屋の平七《へいしち》が。八番に植木屋の六助《ろくすけ》が入ってやす」

「なんだって?」

三なのか七なのか、八なのか六なのか、ややこしい。それにどいつもこいつも、ケチな客だ。

嫌なこった。と、突っぱねるわけにもいかない。

「三番が平七、八番が六助です」

よりにもよってこんな夜に、客が三人も四人も重なるなんて。

つまらない巡り合わせだ。お染は額に手を当てて、深々と溜め息をついた。

「金ちゃん、よく来ておくれだねぇ」

本部屋の前で気を取り直し、黄色い声を上げつつ中へと飛び込んでゆく。きょとんとしている金蔵に抱きついて、頬と頬をくっつけてやった。

それだけで金蔵の口元は、呆《ほう》けたようにだらしなくなる。

「へへッ、お染ぇ、お染ぇ」

胸乳に伸びてくる手をさりげなく肩へと誘導し、半日ぶりの再会を喜んだ。

「よかったよぉ。もう来てくれないんじゃあるまいかと、わっちは気を揉《も》んじまったよ」

「馬鹿を言いねぇ。惚《ほ》れた女との約束を、破るなんてぇ法があるもんか。俺ぁとっくに、腹を固めてるんだからよぉ」

そうかい。だったらもっと、早くに来れたんじゃないのかい。

きっと迷いがあったから、行きつ戻りつ、戻りつ行きつしているうちに、こんなに遅くなってしまったのだ。だって金蔵の首元からは、強く潮のにおいがする。品川宿に至る海っぺりを、うろうろしていた証である。

だけど、気づかないふりをしてやろう。こうして来てくれたんだから、それで充分。お染にとって今だけは、金蔵は最高の男だった。

「ねぇ金ちゃん、今夜は台の物をどんどん取ってさ、たっぷり飲み食いしておくれよ。お大尽みたいにさ」

「いやぁ、でも、持ち合わせが」

「んもう、金ちゃん。忘れたの？」

お染は金蔵の顔を覗《のぞ》き込み、目と目を合わせて首を傾げる。あまりの近さに金蔵は、「あわわわ」と目を泳がせた。

「お金なんか、いいんだよ」

「ああ、そうか。心中するんだもんな」

「アッ、コラ！」

不用意に大きな声を出した金蔵の口を、慌てて塞ぐ。廊下の気配を窺って、人気がなさそうなことに安堵《あんど》した。

「馬鹿だね。人に聞かれたらどうすんだい」

「そうだった、そうだった。すまねぇ」

まったく、なにを考えているのやら。いいや、なにも考えていないからこうなるのか。金蔵は、注意をされてもへらへらと笑っている。

「んもう、気をつけておくれよ。台の物、注文しちまうからね」

金蔵から金をむしり取る算段だという、とっさについてしまった嘘《うそ》との帳尻を合わせるため、お染は障子を開けて「ちょいとちょいと」と若い衆を呼び寄せる。

「あのさ、台屋さんに大台一枚頼んでおくれ。それから、お酒」

金蔵が、すかさず声を張り上げた。

「あと、天麩羅《てんぷら》と鰻《うなぎ》と刺身と汁粉！」

「オヤ、健啖《けんたん》だねぇ」

大台一枚には大皿に盛り合わせた料理と、汁物か旨煮、それに飯と香の物がつく。一人で食べるには多いくらいなのに、金を払わなくていいとなると、とたんに太っ腹になるらしい。意地汚い男だねぇ。

けれども大事な心中相手だ。お染はぴたりと横につき、運ばれてきた酒を注いでやる。いつもは待ちぼうけを食わされて、ちびりちびりと手酌で飲んでいる金蔵だ。いかにも上機嫌に、お染の肩を引き寄せた。

「いやぁ、いい夜だ。最後にこんないい目が見られるんなら、悪かねぇな」

「やだよ、金ちゃん。声が大きいよ」

そうするうちに台の物も届き、金蔵の周りはやけに豪勢な有様になった。

猫足の台や汁椀《しるわん》は黒漆塗りの金蒔絵《きんまきえ》。大皿は赤絵の有田焼《ありたやき》。この男に使わせるには、もったいないくらいの調度だ。

金蔵はやにわに箸を取り、「旨い、旨い」と驚くべき食い気を見せる。しかし刺身を口に入れてすぐに汁粉を啜《すす》ったりと、見ているこちらは気分が悪い。手あたり次第、口の中に詰めてゆく。

「そうかい、美味しいかい。よかったねぇ」

「お染ぇ。俺ぁ、幸せだぁ」

呑気《のんき》なものだ。頬をこれでもかと膨らませ、それ以上は入らないだろうと思って見ていたら、さらに炒《い》り鶏《どり》を押し込んでゆく。

凄《すさ》まじいねぇ。これから死ぬってぇのに、よくもこんなに食えるもんだ。

度胸があるのか、馬鹿なのか。口の中のものをごくりと飲み下すと、金蔵は廊下を通る若い衆の気配に気づき、顔の横で手を二度打ち鳴らした。

その音があまりにも大きかったものだから、耳にきた。お染が顔を伏せているうちに、廊下の障子がさらりと開く。

「へイ、お呼びで」

「オオ、酒だ酒だ。どんどん持ってきてくんねぇ」

「かしこまりました」

「勘定が足りなけりゃ、馬でもなんでもつけとくれ。六道の辻《つじ》あたりで撒いてやらぁ！」

酒で気が大きくなったのか、なんとも物騒なことを言いだした。お染はギョッと目を見開く。

「マァ、やだよお前さんたら。オホホホ、ホホホ」

「構わねぇ、構わねぇ。なんせ行きがけの駄賃――」

「ああ、もう。いいからね、下がっとくれ」

手を振って、慌てて若い衆を下がらせた。

金蔵は、早くもできあがっている。

「困るよ、金ちゃん」と咎《とが》めても、「大丈夫、大丈夫」と取り合わない。

弱った。こんなことでは金蔵から、片時も目が離せない。この男の調子っぱずれな軽口から、ことが露見《あらわれ》ては大変だ。

しょうがない。いったん寝かしつけちまおう。

折よく若い衆が、追加の酒を持ってきた。お染は半月に切った大根の煮物で金蔵の口を塞いでおいて、いそいそと徳利を受け取る。

「はい、金ちゃん。たぁんとおあがり」

「オウ、お染。お前が俺の女房だぁ」

「はいはい、そうだね」

「極楽のォ、蓮《はちす》の上でェ」

「オヤ、おかしな文句を捻《ひね》りだしたよこの人は」

行灯の明かりの下でも、金蔵の顔が茹《ゆ》で蛸《だこ》のように赤くなっているのが分かる。お染はその手に盃を握らせて、矢継ぎ早に酒を注いでゆく。

「お染ェ、好きだぁ」

「ありがとよ。おやもう、瞼《まぶた》がとろんとしているね」

まともに座っていられないのか、金蔵が肩にもたれかかってきた。金糸銀糸の刺繍《ししゅう》を散りばめた仕掛けに顔の脂がつくのが嫌で、それを手で押し返す。

ことりと、空の盃《さかずき》が畳に転がった。

「お染ェ、お染ェ」

口を吸おうと唇を尖《とが》らせ、迫ってくる金蔵はまさしく蛸入道だ。軽くいなして、お染はサッと立ち上がった。

「お布団を敷いてもらおうねぇ。ちょいと、ねぇ、ちょいと！」

「へヘッ、お染と、床、入り」

若い衆が、布団を敷きに来るのを待つまでもない。金蔵は自分で持ってきた風呂敷包みを引き寄せると、そこへ突っ伏し、早くも寝息を立てはじめた。

「金ちゃん、寝たかぇ」

声をかけると、返ってきたのは大きな鼾《いびき》。この様子なら、当分は起きる気遣いがなかろう。

「やれやれ」

吐息して、お染は強張《こわば》った肩を揉む。のぼせ上った男の相手は、疲れるったらありゃしない。

さて金蔵が目覚めたら、あとは刺し違えて死ぬだけだ。

だけどまだ、刻が早い。

見世じゅうが寝静まってからでないと、どんな邪魔が入るかしれない。女郎たちの部屋や名代部屋は、通りがかりに中の様子が窺えるよう、障子の一番上の紙がペケ印に貼られている。

まだ息のあるうちに見つかって、なおかつ助かりでもしたら心中のし損ない。

生き残ったところで晒《さら》し者にされて、非人身分に落とされる。

やるならもっと、夜が更けてからでなければ。その間、金蔵ごときにつきっきりじゃ、きっと怪しまれる。

ここはひとつ、他の客を廻《まわ》ってくるとしよう。

「ごめんね、金ちゃん。待っててね」

耳元に囁いてやると、金蔵はどんな夢を見ているのか、風呂敷包みに顔を伏せたまま、「グへへへ」とくぐもった声で笑った。


一階の風呂場の奥には、女郎たちが使う下温湯がある。

その名のとおり、下を洗うための部屋である。

廻しが入ると、さすがに前の客の痕跡を残したまま、次の客の相手をすることはできない。かといって、夜の風呂場は客のものだ。女郎は奥の部屋で、ひっそりと腰湯を使う。

あいててて。

盥《たらい》の湯に腰を沈め、お染は思わず顔をしかめた。

おぼこなわけでもあるまいに、湯が沁《し》みる。手前のほうが、裂けたのかもしれない。恐る恐る手を当ててみると、そのあたりがほんのりと熱を持っている。

ああ。廻しの客なんざ、打っ遣っとけばよかった。

今さら後悔をしても遅い。他の客のところへちょっと顔を出して、ほどほどで戻ってくるつもりだったのに。

あの、浅葱裏め。

返す返すも恨めしい。平七と六助は、月の障りがあるから勘弁しておくれと言って、手でちょっと握ってやれば満足した。だけどそんなまやかしは、唐変木には通じない。

しかも、腎張りときていやがる。

一度では治まらず、二度三度。日ごろからなにを食っていれば、ああなるのか。

嫌んなるねぇ。

一両だかの金を取る吉原のお職と違い、こちらはせいぜい銀十匁《もんめ》。どちらにせよ金を払っている客だからといって、なにをしてもいいわけがない。こっちだって生身の女だ。無理強いをされると苦しいし、怪我もする。

そんなことも分かんねぇ奴が、二本差しだなんだと威張ってんだからさ。

この世に苦界と呼ばれる場所が、なくならないわけである。

浅葱裏に組み敷かれているうちに、引け四つの拍子木が鳴った。あれから、半刻は経《た》っただろうか。

丑三つ時になれば見世の者も、寝ずの番を残して眠りにつく。女郎たちもまた、今日はこの人と決めた客と、夜具の中にいるはずだ。

いよいよだ。部屋に戻ったら、仕度をはじめよう。

そんな算段をつけているところに、背後の戸ががらりと開いた。お染は内心の焦りを押し隠し、「誰だえ」と振り返る。

「オヤ、お染姐さん、いい格好だねぇ」

だらしなく笑いながら、入ってきたのはおりくである。

仕掛けを脱ぎ、小袖と襦袢《じゅばん》の裾を帯に挟んで盥に跨っている様は、滑稽に違いない。かく言うおりくも盥に湯を汲《く》むと、お染の横で思い切りよく着物の裾をからげた。

「お互い様だよ」

皮肉を返してやると、おりくは湯に腰を沈めながら「へヘッ」と笑った。

女同士前を剝き出しにして、並んで腰湯を使っている。あらためて考えてみれば、ずいぶんおかしな光景だ。

妓楼に暮らしていると、こうしてたまに、フッとふき出してしまう瞬間がある。そもそも男と女が突っつき合うところだって、傍《はた》で見てりゃへんてこだ。

わっちはなかなか、面白いところにいたのかもしれないねぇ。

そう思えるのも、これが最後の腰湯だから。ふと見ると、おりくの襦袢の裾が落ち、湯に浸かりそうになっている。

「アンタそれ、危ないよ」

「かたじけない」

おりくが侍のような言葉で礼を言うものだから、お染はついに、声を出して笑ってしまった。

おおっと、いけない。あんまり笑うと、皺に白粉が溜まってしまう。

死に顔は、できるかぎり綺麗《きれい》でありたい。お染は慌てて目尻を揉んだ。

「今夜はアンタも、客がついたんだね」

「お蔭様。姐さんの言うとおり口を閉じていたら、二人もついたよ」

「そうかい。アンタにはおかしな愛嬌があるから、話をすれば気に入ってくれる客もあるさ」

「ハァ、だといいんだけれども」

不思議なものでどんな妓が入ってきても、必ず一人や二人のお馴染みがつく。蓼食《たでく》う虫のたとえがあるように、客のほうも好き好きなのだ。その一人か二人がお大尽ならば、女郎としてどうにかやっていける。

もっとも、細い糸だけどねぇ。

糸が切れたら真っ逆さま。それがこの商売だ。

「さてと」

お染は着物の裾に気をつけて立ち上がり、手拭いで下を拭く。湯を捨てて盥を清め、手早く身支度を整えた。

「じゃ、お先」

「姐さん、布海苔は？」

おりくに呼び止められ、部屋の片隅に据えられた桶に目を遣った。中に入っているとろみのある汁は、布海苔と卵の白身とミョウバンを混ぜて煮たものだ。

女郎は手のひらに隠れるほどの小壺にこれを詰め、帯の間に隠し持っている。客が熱してくると、「アレ、わっちもこんなになっちまったよぉ」と、ばれぬようサッと下に塗る。摩擦の痛みから己を守る、大事な布海苔だ。浅葱裏のせいでお染の小壺は、とっくに空になっていた。

だがそんなものは、もういらない。

「さっき詰めたよ」

ニヤリと笑い返し、お染は上草履に足を通した。


思いのほか、金蔵を待たせてしまった。

これだけ時が経っていれば、さすがに酔いも目も覚めただろう。臍《へそ》を曲げて、やっぱりやめたと言いだされては困る。

お染はあらかじめ申し訳なさそうな微笑みを作ってから、部屋の障子を引き開けた。

「金ちゃん、ごめんねぇ」

首だけそっと差し入れて、様子を窺う。

お染のいないうちに、若い衆が夜具の用意をしてくれたようだ。夜着が膨らんでいないところを見ると、金蔵はその中にはいないらしい。

——憚《はばか》りかねぇ。

中に入って、障子を閉める。若い衆が灯心を減らしたか、行灯の明かりは部屋の隅にまでは届かない。その暗がりから、グガッと息が止まったような鼾が聞こえた。

——呆れた、まだ寝ているよ。

布団で寝るよう勧められただろうに、起きなかったのだ。枕代わりにしていた風呂敷包みからも頭が落ち、頰を畳に擦《こす》りつけている。

たらふく食って、たんまりと寝て、いいご身分だ。

金蔵は、死ぬのが怖くないのだろうか。お染の胸は、早鐘を打っているというのに。

この世に未練はないつもりでも、もうすぐ死ぬのだと思ったら、震えがくる。できることなら、武者震いと思いたい。

お染は行灯を引き寄せて、金蔵の傍《かたわ》らに腰を下ろした。大きな口を開け、鼻から提灯を垂らした顔が、薄明かりの中に浮かび上がる。

さっき度胸があるのか、馬鹿なのかと考えたけれど、これは間違いなく馬鹿のほうだ。

こんな男と、一緒に死ぬのか。だんだん、気が滅入ってきた。

「金ちゃん、起きとくれよ、金ちゃん」

金蔵の肩に手をかけ、揺さぶってみる。

「んんんん」

首が左右に振れているのに、金蔵ときたら、いっこうに起きる気配がない。

「もう、金ちゃんってば」

思い切って肩をぶつと、鼻提灯がパチンと弾《はじ》けた。

「ふぁ、もう夜が明けたか」

呑気なものだ。金蔵は目を瞑《つぶ》ったまま、顔をしかめる。

「明けちゃいないよ」

「なんだよ、もう。夜が明けないうちから追ん出されちゃたまらねぇ。高輪《たかなわ》に、悪い犬がいるんだよ。いつもあいつらに取り巻かれて、えれぇ目に遭うんだ」

欠伸をし、のろのろと起き上がった。お染は「マァ」と息を呑《の》む。

驚いた。忘れちまってるよ、この人。

よっぽど頭がおめでたくできているに違いない。

「なにを言っているんだよ。これから死ぬんじゃないか」

「死ぬ？　あ、ああ」

ようやく思い出してくれた。金蔵は目を瞬《しばたた》き、しょんぼりと肩を落とした。

人並みに、死への恐怖はあるらしい。うっすらと毛の生えはじめた月代《さかやき》を、つるりと撫でる。

「そうだった、死ぬんだった。これからかい？」

「ああ、そうだよ」

「ひと眠りしたら、なんだか億劫《おっくう》になっちまった。どうだい、あと二、三日日延べをしちゃ」

「そんなこと、できるはずないだろう」

今夜必ずと、心に決めたのだ。それではお染まで決心が鈍る。金蔵の胸を突いた手は、もう震えてはいなかった。

「お前さん、心変わりをする気かい」

「ばっ、馬鹿言っちゃいけねぇ」

図星を指され、金蔵の声が翻る。それでも威厳を保とうと座り直し、さっき枕にしていた風呂敷包みを、お染の前にぽんと投げた。

「開けてみねぇ」

結び目がいやに固い。爪を使ってどうにか開けると、暗がりの中に目も覚めるような白無垢《しろむく》が現れた。

「マァ」

さっそく体に当てて、立ち上がる。身丈も裄《ゆき》も、誂《あつら》えたかのようにぴったりだ。金蔵にしては、気の利いたものを買ってきた。

「嬉《うれ》しいよぉ。ちゃんと、用意してくれたんだね」

「あたりめぇよ。ほら、早く着せて見せてくれよ」

死に装束だというのに、身に馴染んだ練絹の手触りが嬉しい。「フフッ」と笑い、お染は手早く襦袢姿になった。

金蔵に背を向けたまま、下からするりと白無垢を羽織る。帯はどうしようかと考えて、簞笥《たんす》から白い扱《しご》きを取り出した。

帯をキュッと締めて、振り返る。

「どうだい、金ちゃん」

「ああ、きれぇだなぁ」

世辞ではなく、本当に見惚《みと》れているようだから気分がいい。お染は自分でも、ちょっと袖をつまんでみたり、身を捩《よじ》ってみたりと、着姿をたしかめる。

わっちもまだまだ、捨てたもんじゃないねぇ。

綺麗だと言ってくれる人がいるうちに、死ねるのならば本望だ。

「俺のは、これだ」

金蔵もまた褌《ふんどし》一枚になり、風呂敷の底を漁《あさ》る。取り出したものを見て、お染は思わずふき出した。

「アンタそれ、腰から下がないじゃないか」

「へへッ、倹約につきお取り払い」

金が足りなかったのだろう。まるで、羽織の胴裏だ。金蔵は構わずそれを羽織る。褌を締めた尻が丸出しになっている。

「フフッ、嫌だよぉ」

「人間どっから腐るか分かったもんじゃねぇ。このほうがサバサバしていいや」

それもそうだ。お染だって、金蔵の死に様なんざどうだっていい。

すでに両隣の部屋からは、睦言《むつごと》の一つも聞こえてこない。廊下もしんと静まり返り、寄せてくるのは波の音だけ。ひたひたと、時が満ちてきた。

お染は夜具を脇へと寄せる。骸《むくろ》に乱れがないように、念のため両膝を合わせて腰紐で縛った。そうしておいて、金蔵と相対して座る。

さしもの金蔵も、頬を引き締めてこちらを見返してきた。

情死のあとを、はじめに目にするのは誰だろう。さしずめ喜助あたりか。あの男なら、多少死に顔が歪《いびつ》でも整えてくれそうだ。

お染の死に、涙を流す者はいなくていい。見事な最期だったと、笑って送り出してほしい。

腹からゆっくりと息を吐き出し、お染は金蔵が胸をひと突きしてくれるのを待った。

だがいつまで経っても、いっこうに得物が出てこない。

「で、お前さん、匕首《あいくち》は？」

「アッ」

まさか、とは思う。でも金蔵ならやりかねない。

「ないのかい？」

「いや、ちゃんと買ったんだ。錆《さ》び錆びの、赤鰯《あかいわし》みてぇなやつ。ああきっと、親分のところだ」

「親分？　昔っから世話になってるってお人かい」

「ああ。暇乞いに行って、なんだその匕首はって見咎められちゃいけねぇってんで、台所の水《みず》甕《がめ》の上に置いてきた」

「なにをやってるんだよぉ、まったく」

お染は膝の紐を解き、白無垢の袖で金蔵をぶった。

しょせんは馬鹿で助平の大食らい。錆び錆びの匕首なんぞ、どうせ使い物にならなかったろうが、この男には本当にがっかりだ。

ならばしょうがないと、鏡台の前ににじり寄る。小《こ》抽斗《ひきだし》を開け、なめし革に包んでおいたものを取り出した。

「ほら、こんなこともあろうかと思って、研いでおいたよ」

包みを取り去ると、二丁の剃刀が鈍く光る。

金蔵が、ヒッと飛び上がった。剃刀の刃を向けて、お染はその顔に迫ってゆく。

「よ、よせやい。剃刀はいけない。刃の薄いもんで斬ると、療治がしにくいと医者が言ってた」

「おふざけでないよ。今さらそんなことを言っちゃあ困るよ」

「とにかく、剃刀はいけねぇ」

この期に及んで、とんだ腰抜けだ。

お染のほうでは、妙に腹が据わった。そっちがその気ならもう頼るまいと、剃刀を一丁投げ捨てる。

「そう、じゃあわっちは一人で逝くよ。その代わり、三日と経たないうちに取り殺してやるんだから」

さぁ、目の玉を開いてよくご覧じろ。お染は首をクッとのけ反らせ、剃刀を握った手を近づける。

「よ、よせ。よさねぇか！」

「アッ！」

金蔵に、腕を取り押さえられた。

痩せぎすであれ、男の力だ。右へ左へと揉み合って、前につき転ばされてしまう。握っていた剃刀も、取り上げられた。

鬢の毛が、乱れて頬に降りかかる。お染は肩で息をして、畳を掻きむしった。

「ちくしょう、嘘つき。大嘘つき！」

「マァ待て。死ぬよ、ちゃんと死ぬ。そうだ、お部屋へ行って、木綿針を五十本ばかり持ってきねぇ」

「そんなもの、どうすんのさ」

「その針でもって、二人で脈所をこう、ちょいちょいとつつき合うんだよ。そうすりゃ、夜が明けるまでにゃ片がつくだろう」

「冗談をお言いでないよ。霜焼けの血を取るんじゃあるまいし」

なんだって、死に装束を着てまでこんな大騒ぎをしなくちゃいけないのか。

お染は心底うんざりして、身を起こす。弛んだ衿元《えりもと》を直していると、ガッタンゴットンと、遠くから大八車の音が聞こえてきた。夜も明けぬうちから大井《おおい》や大森《おおもり》あたりの百姓が、京橋《きょうばし》の大根河岸《だいこんがし》まで蔬菜《そさい》を運んでゆくのである。

もはや、ぐずぐずしている暇はない。それにさっきの騒ぎで、両隣が目を覚ましたかもしれなかった。

ざぶん、ざぶん。聞き慣れた波の音が耳につく。朝な夕なに眺めてきた海。そうだあれは、極楽へと続く道だった。

「金ちゃん、ちょいと来ておくれ」

お染は金蔵の手を握り、すっくと立ち上がった。

息を殺し、廊下の気配を窺う。

厠《かわや》へ行く客のため天井の八間行灯にはひと晩中火が入っており、真夜中でも手燭はいらない。よくよく耳を澄ませ、するりと廊下へ滑り出る。

「行くよ、行くけどもさぁ」

べそをかいている金蔵に、お染はシッと人差し指を突きつけた。

「大きな音を立てんじゃないよ」

足音を殺せぬ上草履はそのままに、裸足で歩きだす。金蔵もしかたなく、ちょいちょいと爪先立ちでついてくる。

白木屋は広い。二つある階段のうち、玄関近くの大階段はすぐ脇に帳場がある。寝ずの番に見つからぬよう、お染は裏梯子を選んだ。

途中踏板が痛んでいるところがあり、日ごろの癖でお染はそこを避けて通る。だが金蔵が、もろに踏んでしまった。

ミシリ。

しんとした妓楼の中に、その音はことのほか大きく響いた。

馬鹿ッ！

声に出して責めることもできず、お染は身を縮めて様子を窺う。しばらく待ってみたが、誰も近づいてくる気配はない。

耳を澄ませば玄関から、微《かす》かに人の話し声がする。この夜更けに、物好きな客の訪いがあったらしい。寝ずの番は、そちらへ応対に出ていたのだ。

よかったと、胸を撫で下ろす。薄暗くて分からないだろうが、金蔵のことはきつく睨みつけておいた。

ようやく足の裏が、一階の廊下に触れた。まだ秋のうちではあるけれど、夜は冷えるはず。裸足でも冷たさを感じないのは、気が昂《たかぶ》っているせいか。

あらぬほうへ歩きかける金蔵の衿首を捉え、お染はうんと声を落とした。

「ちょいとアンタ、どこへ行こうってのさ」

「いや、憚りへ」

「我慢をおし！」

そのまま金蔵を引っ張って、回廊から庭へ下りる。ここを真っ直ぐに突っ切れば、その先には海が広がっている。

空はどんよりと掻き曇り、月も見えない。妓楼から洩《も》れるほんの僅《わず》かな明かりを頼りに、お染は飛び石を踏んでゆく。雨が降ったり止んだりしていたらしく、石はしっとりと濡《ぬ》れている。

人影があると思ったら、楼主自慢の松の木だ。張り出した枝の下で、金蔵が震え上がった。

「まさか、ぶら下がる気か。やめとこうぜ、様が悪い。ぶら下がってるもんは嫌ぇだ」

「うるさいね。黙ってついといで」

海に面した石垣の前には、竹矢来が組んである。桟橋へと続く切戸を手前に引いてみたが、錠が下りていて動かない。

金蔵が、あたりも憚らずに嚔《くしゃみ》を一つ。己を抱きしめ、ぶるぶると震えている。

「なぁ、部屋に戻ろうぜ。俺ぁ、風邪を引いてるんだ」

そりゃあ、そんなに尻を剝き出しにしてちゃあね。

お染は取り合わず、錠を引っ張ってみる。ざらりとした赤錆が、指に触れた。

そうだ、ここは潮風が強く吹く。潮は女の肌だけでなく、鉄も痛める。

一か八か、袂《たもと》を錠の上に乗せておいて、体ごと捻ってみた。いい塩梅《あんばい》に、弱っていた壺金がぽきりと折れた。

「さ、行こう」

金蔵を前へと押しやって、短い石段を下りてゆく。するとそこはもう海だ。

上げ潮時と見えて、ざぶんと弾けた波の雫《しずく》が、ぱらぱらと頰に降りかかってくる。空からもぽつりぽつりと雨が零《こぼ》れ、死出の花道を往かんとする二人を湿らせる。

「ほら、止まらずお行きよ。桟橋は長いよ」

「押すなってば。ちくしょう、命は短ぇ」

足元を探り探り、金蔵はへっぴり腰で歩いてゆく。途中で体を入れ替えて、戻ろうとするその衿首を捉えて引き留める。

歩みの鈍い金蔵を後ろから小突いて急かし、ようよう桟橋の端までたどり着いた。

「ワッ！」

もう一歩前へ出ようとして、その先に足場がないことに気づいたのだろう。金蔵が身を引き、お染の肩にぶつかってくる。

「なにしてんのさ。早くお行きよ」

「ここから飛び込むのか。無理だぁ。俺、泳げねぇんだもん」

だからいいんじゃないのさ。

お染だって、海に入ったことがないのだから泳げない。ざぶんと飛び込んだものの、すいすい泳いで助かったんじゃ、お笑い種だ。

「だから押すなってよぉ。ああ、真っ暗じゃねぇか。アッ、なんだあれは！」

金蔵が身を硬くし、飛び上がる。なにに怯《おび》えているのかと目を凝らしてみれば、沖のほうにぽつりぽつりと、明かりが見えた。

「ひ、人魂が浮いてやがる」

「違うよ。あれは海老を取る船だよ」

「海老？　そうか、海老かぁ。天麩羅が食いてぇ」

こんなときにまで食べ物が思い浮かぶとは。この男ときたら、根っから意地汚くできている。

ぐずぐずしているうちに見世のほうでも異変に気づいたか、「お染さんエー、お染さんエー」

と、呼ぶ声がする。

まずい、早くしないと見つかっちまう。

声はだんだん近づいてくる。

「早く！」

焦《じ》れて叫んでも、金蔵はいっかな飛び込む気配を見せない。

後ろから透かして見れば、桟橋の端に爪先立ちになり、ガタガタと震えている。

「許しておくれ、金ちゃん。わっちもすぐに行くからね」

そう言って腰のあたりを、力任せにドンと突いた。

悲鳴を上げる暇もなかったらしい。金蔵はもんどり打って、大きな水飛沫《みずしぶき》を上げて黒い海へと飛び込んだ。

そしてそのまま、見えなくなった。

「ああああ」

やった。やっちまった。

自分で仕掛けておきながら、胸が潰れる思いがした。

この手で人を、殺めてしまった。

「ナンマンダブ、ナンマンダブ」と唱えながら、お染も桟橋の端に立つ。弾けた波が、足元を洗ってゆく。

さぁ次は、わっちの番だ。

面白いほど、膝が笑っていた。己の名を呼ぶ声が、すぐ背後まで迫っている。

さぁ、おさらばえ。お染はギュッと目を瞑り、前へ一歩踏み出した。

「お染さん！」

「ウッ」

胸が圧迫されたと思ったら、羽交い絞めにされていた。後ろから袖を引っ張られ、連れ戻されたのだと分かった。

「放して。後生だから、逝かせて」

「お待ちなさい。馬鹿な真似をしちゃいけない」

この声は、喜助か。逞《たくま》しい腕から逃れようと、身をよじる。

「なんでそんなに死にたいんですか。金でしょう。ねぇ、金に詰まってるからでしょう」

ぎりりと、奥の歯が鳴った。そこまで分かっているのなら、なぜ放してくれないのか。喜助から見ても、金がないのは明らかだというのに。

悔しくて、涙が頬を伝い落ちる。偽の涙ならともかく、こんなものはとっくに枯れたと思っていた。

「だったら死ぬのはよしましょう。金ができました」

「エッ！」

両の手足から、すっと力が抜けた。喜助が支えてくれなければ、今度こそ海に落ちていたかもしれない。

お染は息が触れ合うところにある、喜助の顔を振り仰いだ。

「本当かい」

「嘘などつくもんですか。番町の旦那が持ってきてくれました。四十両のところを、余分に五十両。早く当人に渡して喜ぶ顔が見たいと、さっきから待ってます」

「金が、できた?」

「ええ、そのとおり。部屋に行きゃ剃刀が放り出してあるもんだから、慌てて追いかけてみたらこの様だ。さぁ、戻りましょう」

お染はこれ以上ないというほど目を剝いて、ぽかんと口を開いていた。喜助の体があったかいものだから、だんだん震えが治まってくる。

今夜死ぬと、決めていた。その思いが独り歩きをして、死ななきゃならないわけを見失いかけていた。

そもそもは、四十両のため。移り替えに入り用な金だ。その金ができたというのなら、死ぬ理由もなくなった。

ほうっと、腹の底から吐息が洩れる。喜びが、泡のように湧き上がってきた。

そうかい。わっちはまだ、運に見放されていなかった。

「風邪をひきますぜ。さ、お早く」

喜助に手を引かれ、二、三歩その後に続きかけた。

だが、忘れちゃいけないことがある。

はっと水面《みなも》を振り返ると、喜助が手に力を込めてきた。

「放しとくれ。金ができたんなら、わっちだって死にゃしないよ。だけどねぇ、遅かったよ。もう一人やっちまったよ」

「やっちまった？」

鸚鵡《おうむ》返しに呟《つぶや》いて、喜助がお染の顔と水面を交互に見遣る。ただの自死ではないと、悟ったらしい。

「誰を？」と聞いてきた。

「貸本屋の、金ちゃん」

「金公？　ああ、あいつならいいや」

喜助はとたんに関心を失ったように、手を振った。

「よかぁないよ」

「よござんす。知っているのはお染さんと私ばかり。黙ってりゃ、知れる気遣いはないってもんです」

「そりゃあ、そうかもしれないけれどさ」

さすがに突き飛ばして殺してしまったんじゃ、寝覚めが悪い。もしもまだそこらへんに浮いているのなら、引き上げてやりたいものだ。

お染はなおも袂を摑もうとしてくる喜助の手を払い、桟橋に膝をついた。

顔を近づけてみるけれど、海は真っ黒でなにも見えない。金蔵は、潮に流されてしまったのだろうか。

「ねぇ、金ちゃん。あのね、死ななくてもよくなったから、上がっておいでよ。ね、上がっておいで。世話焼かせないでさ」

呼び掛けても、返ってくるのは弾ける波の音ばかり。背後から目を凝らしていた喜助が、「もう無理でしょう」と首を振った。

申し訳ないことをした。たとえ相手が金蔵でも、多少の負い目は感じられる。自分だけが生き残るのは、決まりが悪い。

だから、ごまかすことにした。

「んもう、金ちゃんったら、早いよ。お前さんたら、止める間もなくさっさと飛び込んじまうんだもの。驚いたよ」

乱れた鬢の毛を撫でつけて、居住まいを正す。ざぶんざぶんと波打つ水面に向かって、お染はゆっくりと手を合わせた。

「わっちも死ぬつもりだったけど、ちょいと後へ見直すね。けれども人はいつかは死ぬんだから、またお目にかかりましょう。ただいままでは、長々失礼」

御殿山《ごてんやま》のほうで、明烏《あけがらす》が鳴いている。ぐずぐずしてはいられない。

金蔵とは後朝《きぬぎぬ》の別れならぬ、永の別れになってしまった。

どうぞ成仏してくださいと身勝手に祈り、立ち上がる。喜助に先導されて、お染は己のあるべきところへと帰ってゆく。

背後で大きな魚が撥《は》ねたような気がしたけれど、決して後ろを振り返ろうとはしなかった。

六　うそと誠

「ただいままでは、長々失礼」

薄れてゆく意識の中で、お染《そめ》の声がはっきり聞こえた。

おい、待て。そりゃあねぇよ。どこへ行くんだ。待てってばよ！

塩っ辛い水が、口から鼻から入ってくる。呼び止めたくても、声を出すことすら叶わない。

目を凝らしたところで、真の暗闇。金蔵《きんぞう》は、海の底に沈んでいった。

ひでぇ。ひでぇよ、あんまりだ。苦しい、このまんまじゃ死んじまう。なんで俺が、一人で死ななきゃなんねぇんだ。

性悪、女狐《めぎつね》、人でなし。こんな失礼なことがあったもんじゃねぇ。

ちくしょう、お染。恨んでやる！

必死に手を伸ばしても、なにも摑《つか》めるものがない。苦し紛れに身を反らせると、顔がぽかりと宙へ出た。

「へッ？」

声を出したとたん、激しい咳に見舞われる。ゲホゲホと飲んだ水を吐き出す拍子に、鼻からハゼがピュッと飛び出た。

——どうやらまだ、生きている。

立ち上がってみると、水は腰のあたりまでしかなかった。品川《しながわ》の海は遠浅だ。金蔵は、横になったまま溺れていたのだ。

「へッ、へへッ」

助かった。己の手をまじまじと見る。手首を握ると、どくどくと脈打っている。

「へへッ、へッ、へックショイ！」

駄目だ、寒い。足元から震えがきて、金蔵は我が身を抱きしめた。

額に鋭い痛みが走る。手を遣ってみると、牡蠣《かき》の殻にでも引っかけたか、べたりと血がついている。元結が切れ、濡《ぬ》れて波打つざんばら髪が頬に降りかかってきた。

「ちちち、ちくしょい！」

嚔《くしゃみ》と共に、悪態を撒き散らす。命があったことへの喜びが、どす黒い恨みに塗り替えられてゆく。

惚《ほ》れた女に、騙《だま》された。ここは廓《くるわ》だ、そんなこともあろう。だけど、殺されかけるってのはあんまりだ。

すぐに踏み込んで行って、頬の一発でも張ってやらなきゃ気が済まない。金蔵は勇み立ち、血に染まった袖を捲《まく》り上げる。

いや、でも待てよ。

まずいことを思い出した。死ねばそれまでとばかりに、散々っぱら飲んで食った。その証拠に、今もまだ下腹が重ぃ。

困った。白木屋《しろきや》に戻ったところで、勘定が払えない。

お上に訴え出ようにも、ことは心中。生き残りは罰される。

これはもう、泣き寝入りをするしかないのか。悔しくて悔しくて、体にいっそう震えがくる。

いつまでも、こうしてはいられない。このままでは、風邪をひく。

金蔵は岸へ向け、ざばりざばりと海の中を歩きだした。新宿《しんしゅく》の者に見咎《みとが》められぬよう、川岸に沿ってゆき、高輪《たかなわ》の崖に這《は》い上がる。手足が濡《ぬ》れた雑巾のように、重かった。

水から上がってみると、腰から下は褌《ふんどし》一枚。冷たい風が、ぴゅうぴゅうと吹き抜けてゆく。

もう嫌だ。一歩たりとも動きたくねぇ。

折よく明けを担ごうという駕籠屋《かご》が向き合って、間に提灯を置き、居眠りをしている。金蔵は、その二人によろよろと近づいて行った。

「あのぅ、駕籠屋さん」

「あいよ」

寝ぼけ眼を擦《こす》り、駕籠屋が顔を上げた。そのとたん、「ヒッ!」と喉を引き攣《つ》らせる。

なにせ金蔵はざんばら髪。足元は衣がないため真っ黒に見え、血まみれの腰から上が提灯の明かりに白く浮かび上がっていた。

「お、お化けだぁ！」

駕籠屋は二人揃《そろ》って、商売道具を打ち捨て駆けだしてゆく。金蔵は両手を前に突き出して、おろおろとするばかり。

「ワンワンワンワンワン！」

そこへ、お決まりの犬が吠《ほ》えかかってきた。

「今日ばかりはやめてくれよ。あっちへ行け。ほら、行っちまえ」

袖を振って追い払おうとするも、怪しい奴がいるとばかりに犬の数は増えてゆく。

「よしてくれよ、なっ。見てみろ、なんも持ってねぇ」

両手を顔の高さに上げて、開いてみる。犬たちは、歯をいっそう剝《む》き出しにした。

息を詰めて、睨《にら》み合う。相手の呼吸を読みながら、金蔵は慎重に右足を後ろへ引く。

じゃりっ。足の下で、小石が鳴った。

「ワンワンンワンワンワン！」

そのとたん、犬たちが一斉に襲い掛かってきた。

「ヒエッ！」

金蔵は飛び上がり、一目散に走りだす。逃がすものかと、犬たちも後を追ってくる。

まさに踏んだり蹴ったりだ。いったい俺が、なにをした。

でも金蔵だって、犬に嘗《な》められてばかりではない。奴らの習性は、ちゃんと頭に入っている。相手はしょせん、畜生なのだ。案の定、犬たちは芝の手前で足を止めた。

「へヘッ、ざまぁみろ」と、後ろを振り返って舌を出す。

その態度がいけなかったのだろうか。まるで申し送りがあったかのように、今度は芝の犬たちが集まってきた。

「なんでだよ！」

町から町へと、まるで犬の町内送り。萎《な》えかける足を励まして、金蔵は走りに走った。

ようやく人心地がつけたのは、日本橋《にほんばし》を抜けてからのこと。

神田《かんだ》の犬たちもなにごとかと起きてきたが、駆け込んできた男に嗅ぎ慣れたにおいを感じ、

「なんだ、金公か」と寝直した。あんな奴は、構うまでもない。どうせ大それたことはできやしないと、ここの犬たちは知っている。

金蔵はぜえぜえと喘《あえ》ぎながら、人気のない往来に座り込んだ。

疲れた。できることならサッと湯を浴びて、新しい着物に着替えたい。けれども悲しい一文無し。家財道具も着物も、みな売っ払ってしまった。

こうして神田まで戻ってきたが、部屋は空き家同然だ。

「どうすりゃあいいんだ」

呆然《ぼうぜん》と呟《つぶや》いたら、堰《せき》を切ったように涙が溢《あふ》れた。

そうだ、商売道具も売っちまった。もう、生きてゆく術がねぇ。

ひでぇや。俺ぁ、お前のためにここまでしたってのによぉ。

「お染ェ、お染ェ」と、未練がましく名を呼んだ。

あいつは俺のことを、石っころみたいに捨てやがった。

どうしてだ。一緒に死んでおくれと、泣いて縋《すが》ってきたから俺は――。

「いや、言われてねぇな」

よくよく思い返してみれば、お染は自死をにおわせただけ。「俺も死ぬ」と、その場の勢いで口にしたのは金蔵だった。

だけど、その気にさせたのはあいつだ。

おっ母《か》さんといいお染といい、女なんてのはみんなそう。気を持たせるだけ持たせておいて、あっさりと手の裏を返す。

自分さえよければ、それでいいのか。良心の呵責《かしゃく》ってものは、感じないのか。

人を裏切ったのだから、できれば後悔を引きずりながら先の人生を過ごしてほしい。でもあいう奴らにかぎって、翌朝にはケロリとしているのだ。

なんで俺ばっかり、こんな扱いを受けなきゃなんねぇんだ。

金がないから？　醜男《ぶおとこ》だから？　それとも足が臭ぇから？

でもないない尽くしのオイラにだって、心はあるんだ！

その心をずたずたに引き裂かれて、もはやなにもやる気がおきない。それでも朝は、誰の頭の上にも平等にやってくる。いつまでもこんなところに座っていては、そのうち人が集まってくるだろう。

「そうだ、親分のところへ行こう」

口は悪いが、優しい甚五郎《じんごろう》親分。餓鬼のころから、ずっと世話になってきた。今思えばあの家に匕首《あいくち》を忘れてきたのも、そんな馬鹿なことはやめておけという、神仏のお告げだったのかもしれない。

「ごめんよぉ、親分。俺ぁ本当に、どうしようもねぇ」

そうと決めたら、急がなければ。あとしばらくで、夜が明ける。

「さぁ、半方ないか、半方ないか」

一方、親分の家では夜を徹しての賽子《さいころ》遊び。甚五郎自ら壺を振り、子分たちはじっと額を突き合わせる。

「丁！」威勢よく木札を張ったのは、出っ歯の辰吉《たつきち》。

甚五郎はすかさず、「馬鹿ッ！」と怒鳴った。

「半丁出揃《でそろ》わねぇから、半方ないかと聞いてんだろ。なんでテメェまで丁に賭けんだよ」

「だって、丁が出る気がしたんだもんよ」

「そうなのか。じゃあ、アッシも丁！」

でこっぱちの吉蔵《よしぞう》までが、乗せられて丁に張った。

「おい、それじゃあ賭けにならねぇだろ。テメェら、博打ってもんがまるで分かってねぇな」

甚五郎は額に青筋を浮かべ、やり直せと木札を投げる。なにせ四人いる子分のうち、四人が丁だ。揃いも揃って、出来が悪い。

「それじゃあ、オイラは半にしよう」と意見を変えたのは、お調子者の伊佐次《いさじ》だ。

「なら俺も」肝の小さい磯松《いそまつ》も、それに倣《なら》う。

やれやれ、ようやく半丁出揃った。

溜《た》め息を落とし、甚五郎は伏せていた壺をそっと持ち上げる。賽子の目は、二と六だ。

「ニロクの丁！」

「おいおい、待ってくれよ」

伊佐次が気色ばみ、膝立ちになった。もとより広い家ではない。甚五郎の顔に、唾《つばき》が飛んでくる。

「納得いかねぇ。親分が半にしろというから、丁から半に変えたんじゃねぇか」

「そうだそうだ！」

磯松までが、勢いに乗って声を荒らげる。鼻先に、指を突きつけてきた。

「こんなもん、イカサマだ！」

もはや、怒る気も失せた。甚五郎は懐から手拭いを出し、顔を拭う。

よそでうまくやれない半端者の面倒を見てきたら、周りがこんな奴らばかりになってしまった。奥で寝ているはずの女房お弓《ゆみ》からは、「物好きだねぇ」と呆《あき》れられている。自分でも、因果なものだと思っている。

それでも可愛い子分たち。甚五郎は畳の上の賽子を拾い上げ、壺の中に投げ入れた。

「分かった、分かった。今のはなしだ」

だが今度は、勝っていたはずの辰吉と吉蔵が治まらない。こちらもまた、腕を捲って膝を立てた。

「おいおい、そりゃあんまりだ」

「オウ、伊佐に松つぁん、つべこべ言わねぇで札をこっちへ寄越しな」

子分たちが二と二に分かれ、顔を近づけて睨み合う。甚五郎は観念して立ち上がり、一人一人の頭に拳を落としていった。

「うるせぇ。俺がなしと言ったらなしだ。騒ぐんじゃねぇ。嬶《かか》ぁが起きちまうだろ」

ただでさえ、今夜は犬がやけに鳴く。伊勢屋、稲荷に犬の糞《くそ》とはよく言ったもの。江戸の町には犬が多い。

それが今夜にかぎって、なにを騒いでいるのだか。

とそこへ裏の戸が、ドンドンドンドンドン！　と割れるように鳴った。

「手が入《へ》ぇった！」と、飛び上がったのは辰吉か。

それを機に、場は総立ちの大騒ぎ。誰かが行灯を吹き消したせいで、部屋の中は真っ暗になってしまった。

「おい、落ち着け、落ち着け！」

暗い中を、上を下への大騒ぎ。ドタドタと足音が響き、なにかを蹴り破ったような、不穏な音まで聞こえる始末。甚五郎の声など、これっぽっちも届かない。

「ア、痛ェ！」

誰だ、俺の肩から頭へ駆け上がって行ったのは。

首がごきりと音を立て、甚五郎は頭を押さえて蹲《うずくま》る。

どいつもこいつも飯は一人前に食うくせに、肝の小せぇ奴らばかりだ。

「静かにしやがれ。家主だろうよ」

そう言ってやると、狂騒はどうにか治まった。甚五郎は勝手口に呼び掛ける。

「大家さんですよねぇ。ヘェ、ただ今開けます」

それでも戸は、ドンドンドンと叩《たた》かれ続ける。

「いや、そんなに激しく叩いちゃいけねぇ。寝惚《ねぼ》けて飛び起きたうちの者が、この大騒ぎでございますよ。ちょっと待ってくださいね、なんせ真っ暗なもんで」

身の回りを手で探ってみる。さっきまで、膝先にあったはずの場銭がない。

こんなときに、まぁ手の早い奴もいたもんだ。けれども戸は激しく揺れ続けているし、誰だと問い詰めている暇もない。

ともあれ、灯《あか》りだ。甚五郎は、しきりに火打ち金を使う手振りをする。

「オイ、アレはねぇか」

「なんです？」

甚五郎も、焦ってはいるのだろう。とっさに言葉が出てこない。

「ほら見ろ、アレだよ」

「暗闇で手真似をされても分からねぇ」

「ああもう。アレだ、火打ち箱だよ。ああ、あった！」

なんてことはない、座っている自分の真後ろに置かれていた。箱を開け、どうにかこうにか火をつける。

「お待ちください、今開けますから。いえね、べつに悪さをしていたわけじゃありませんよ」

手燭に蠟燭《ろうそく》を立てて、衿《えり》周りの乱れを直した。

それにしてもうちの大家というのは、こんなにせっかちな奴だったか。これほど言っても、まだしつこく戸を叩いてやがる。

「はいはい」と返事をしつつ、甚五郎は戸に嚙《か》ませておいたつっかい棒を外した。

「はいどうも、お待ちどうさま」

ガラリと戸を引き開ける。そのとたん、心の臓が凍りついた。

悲鳴を上げることすらできなかった。そこに立っていたのは、なにやら禍々《まがまが》しいものだ。今にも手の甲を見せて、「恨めしや〜」と迫ってきそうだ。

甚五郎はゆっくりと、上がり框《かまち》に尻餅をついた。


どのくらい、そうしていたのか。

ギュッと目を瞑《つぶ》ってから開けてみても、そいつはまだそこに立っていた。

いったいうちに、なんの恨みがあるってんだ。

甚五郎は声を励まして、座敷に向かって呼びかけた。

「おい、誰か来やがれ。変なのがいる」

だがどこに隠れたものか、子分たちの気配がない。肝心なときに役に立たない奴らだ。

なるべくソレを見たくはないから、甚五郎はうんと顔を背ける。だがまったく見ないのも恐ろしく、片目を瞑って目の端でその姿を捉える。

ソレはふるふると震えながら、真っ青な唇を開いた。

「親分〜。こ〜んば〜んは〜」

うわっ、喋《しゃべ》った。

だがどうも、聞き知った声だ。甚五郎は腕を伸ばし、ソレに手燭を近づけてみる。

ずぶ濡《ぬ》れの男だった。白い装束は、なぜか腰より下がない。血まみれなのは、額を切っているせいか。波打つ髪の間から、品のない顔がにたりと笑う。

「金蔵？　お前、金蔵か」

「へェ、金蔵でございます」

よかった、「ユ」のつく奴じゃあなかった。

ホッと胸を撫で下ろしたが、それにしても金蔵のこの有様はなんだ。情けないことに、べそまでかいている。

「なにがあったんだ」

「へェ。品川で、心中のし損ない」

呆れた。様子が変だと思ったら、やっぱりそんなことに巻き込まれていやがった。

「だから言わんこっちゃねぇ」と、同情の余地もない。

この濡れ具合からすると、飛び込みか。女郎と二人手と手を取って、海へざぶりというわけだ。

「女を殺して、テメェばかりが助かってどうすんだ」

「いいえ、死に損なったのはアッシだけで」

「なに？」

「女ときたら、アッシを突き落とすだけ落として、自分はまるで飛び込まねぇ」

「とんでもねぇ女だな。見世の者はなんと言ってんだ」

「それが、死ぬつもりで散々飲み食いをしたもんだから、金がなくて文句も言いに行けねぇ」

ますます呆れた。これはまた、性質《たち》の悪いのに引っかかったもんだ。

惨《みじ》めったらしい金蔵を見ていると、哀《あわ》れさえもよおしてくる。間もなく朝だ。こんな格好のまま、追い返すわけにもいかない。

「まぁ入れ。いや、待て。テメェずいぶん汚れてやがるな」

海に落ちたらしい金蔵は、磯臭さを通り越して生臭い。このまま家に上がられては困る。なによりお弓に叱られる。

「誰か、手桶《ておけ》に水を汲《く》んでやれ。なぁに、金蔵だよ。金公が来ただけだ」

それにしてもさっきから、天井からやけに煤《すす》が落ちてくる。顔の周りを手で払い、甚五郎は手燭を頭の上に掲げた。

「おい、誰だ。梁《はり》の上にいやがるのは」

蠟燭の灯に、薄汚い尻が照らし出されている。あの毛深さは、辰公か。

「さてはテメェだな、さっき俺の頭を踏んづけてったのは」

すわ手入れかと慌てて、尻をからげて駆け上がったものと見える。辰吉が、梁《はり》の上からひょっこりと顔を出した。

「いいから早く降りてこい」

「安心したら、動けねぇんでさ」

降りられないところに上るとは、ふざけた奴だ。

「おい、梯子を持って来てやれ」

しかしみな、どこへ行ったのか。呼びかけても、誰からも返事がない。甚五郎は手燭をかざし、しんとした部屋の中を照らしてゆく。

「誰だ、鼠入らずへ体を半分突っ込んでいやがるのは」

とっさに隠れようとしたのだろうか。戸棚から、にょっきり脚が生えている。そいつの衿首を摑んで、引き戻した。

「なんだ、伊佐じゃねぇか。アッ、テメェ。こん中に入ってた佃煮《つくだに》を食っちまいやがったな」

「逃げる前に、腹を拵《こしら》えようと思って」

「冗談じゃないよ」

「あとこの酒が、いやに辛い」

「それは醤油だ、馬鹿」

甚五郎は、伊佐次をぞんざいに床へ放り投げた。どいつもこいつも、本当にろくなもんじゃない。

と思ったら、今度は竈《へっつい》に頭を突っ込んでいる奴がいる。

「お前はデコ吉かい？　おい、駄目だ。引っ張っても抜けねぇよ」

でこっぱちの吉蔵は、頭の鉢が開いている。へっついがめりめりと音を立てたものだから、甚五郎は焦った。

「テメェの頭は壊れてもいいが、へっついは壊すなよ！」

すると今度は床下から、しくしくと忍び泣く声がする。なにごとかと見てみれば、床板を踏み抜いて、糠味噌《ぬかみそ》樽《だる》にはまり込んでいる奴がいる。

「なにをやっていやがる、磯松。早く上がれ」

「上げれねぇんです。落っこちた拍子に股間をしたたかに打って、金が飛び出しちまった」

「なに、玉が？」

「もうとても助からねぇ。どうかお袋を呼んでくだせぇ」

そんな馬鹿なことがあるものか。甚五郎は磯松が手に握っている金とやらを、「見せてみろ」と奪い取る。ふにゃふにゃと丸いそれは、茄子《なす》の古漬けだ。

「どうなってやがんだ、うちの奴らは。揃いも揃ってろくでなしだな！」

こんな奴らの面倒を、長年見てきたのかと思うと悲しくなる。

「ヘッ、へへ。フへへへ」

奇妙な声に勝手口へ目を戻せば、ろくでなしの筆頭が嬉《うれ》しそうに肩を揺らしている。

「金蔵、テメェは笑うんじゃねぇ！」

そう言って甚五郎は、手にしていた古漬けを力いっぱい投げつけた。


「冷てぇ。親分、やめてくれぇ」

「あんまりだぁ。なくなりかけた玉が縮こまっちまう」

金蔵と磯松が褌裸で抱き合って、がたがたと震えている。

甚五郎は容赦なく、井戸桶の水をぶっかけた。

「うるせぇ。これくらい、下っ腹に力を込めて耐えやがれ」

白々と、夜が明け初めている。起きてきたお弓が縁側からしばらくこちらを眺めていたが、なにも言わずに台所へと向かった。

きっともう、踏み抜かれた床板に気づいただろう。子分たちが帰ったら、いつ終わるとも知れぬ小言につき合わされるに違いない。

まったく、てめぇらのせいで。

と思うから、井戸桶を握る手にも力が入る。

水垢離《みずごり》のように散々水をぶっかけてやってから、甚五郎は縁側に手拭いと着替えを置いた。

「あとは自分たちでやれ。潮と糠味噌のにおいが取れるまでは、上がってくるんじゃねぇぞ」

そう言い置いて、台所へ回る。お弓が破れた床板を見ぬようにしながら、板間に座って米を研いでいた。

「おう、起きたか。悪いな。夜明け前に金蔵が来やがってよぉ」

女房は、機嫌を取ろうとする亭主に一瞥《いちべつ》もくれない。ジャッジャッと米粒同士を擦り合わせ、独り言のように呟いた。

「竈に、皹《ひび》が入ってんだけど」

「そうか。毎日使うもんじゃしょうがねぇ。そろそろ塗り直すか」

「三日前に塗り直したばかりだよ」

「そりゃあ左官がいけねぇや。手を抜きやがったな」

さっきの騒動で、お弓が目を覚まさなかったはずがない。甚五郎の見え透いた嘘《うそ》に、深々と息を吐いた。

それでも座敷で寛《くつろ》ぐ子分たちのために、せっせと米を研いでいる。

「あんな奴ら、腹を空《す》かせたら、なにしでかすか分かったもんじゃない」と零《こぼ》しつつ、なんだかんだと世話を焼く。

いい女だなぁ。

三十年物の女房だが、そう思う。

女はやっぱり、気立てだ。ちょっとくらい容色がよくたって、十年も二十年も一緒にいれば衰える。その点、心延えのよさは一生ものだ。

金公も、もっとこういう女に目を向けろってんだ。

「さっきから、なにをじろじろ見てんだい」

「俺は、いい女房をもらったもんだと思ってよ」

「そういう世辞は、床板を直してから言っとくれ」

やっぱり怒ってやがる。

甚五郎はお弓に向かって謝る代わりに、軽く肩を縮めて見せた。

そういや、あいつはおっ母さんもたいしたタマだったな。

金蔵の、母親だ。取り立てて美しいわけではないが、腰回りの豊かな、男好きのする女だった。

一度だけ、まだ幼かった金蔵を連れて、夫婦で挨拶に来たことがある。年始のことで他にも大勢の子分がいる中、いやに艶《なま》めかしい腰つきで歩いていた。金蔵が悪さをしても、「あらあら、駄目よ金ちゃん」と頭を撫でてやるだけで、叱ることをしなかった。

あの女が男と逃げたと聞いたときには、さもありなんと思ったものだ。むしろ、六年も七年ももよくもった。

女は天神様のお祭りに行くと言って、金蔵を連れて出かけたそうだ。そして息子を鳥居の前に待たせたまま、姿をくらました。

若い男と向島《むこうじま》のほうへ歩いて行ったのを見た者がいたらしいが、それっきり行方は杳《よう》として知れない。置き去りにされて泣きじゃくる金蔵を抱きしめてやったのは、報せを聞いて駆けつけたお弓だった。

女の趣味が悪ぃのは、おっ母さんの面影を追っているのか、それとも死んだお父つぁんに似たのだか。

「うう、寒《さみ》ぃ寒ぃ。たまらねぇ」

「おかみさん、火鉢に当たらせてくれませんかね」

縁側から金蔵と磯松が、大騒ぎをしながらやってくる。どたばたと、またもや床板を破りかねない勢いである。

「うるさいね。そんなもの、まだ出してるはずがないだろう。それからうちでは、お上臈《じょうろう》のように静かに歩きな!」

お弓にぴしゃりとやられて、二人はとたんにおとなしくなった。横一列に並んで、「へェ」と頭を下げる。

「金蔵、なんだいそのみっともない頭は。なにがあったか知らないが、湯と床屋へ行ってきな」

「だけどおかみさん、金がねぇ」

「マァ、なんて情けないんだろう。今どき子供でもそのくらいは持ってるよ」

「面目ねぇ」

もとより年相応の男ではないが、金蔵はお弓の前に出ると、ますます子供のようになる。しょんぼりと肩を落とし、首の後ろを掻《か》いている。

「しょうがないね。竈に、火を起こしとくれ。朝餉《あさげ》作りを手伝ってくれるんなら、駄賃をやるよ」

「へェ。ありがとう、おかみさん」

こういったあしらいを見ていると、やるもんだと舌を巻く。男同士なら、「そんなら、これで行ってきな」と、銭を握らせてしまうところだ。

金蔵のような男は、銭を恵まれることに慣れてはいけない。

「おかみさん、俺もやるよ」

「磯吉は、まず糠味噌樽を出して芥《ごみ》を除きな。まったく長年大事に育ててきたうちの糠床に、なにをしておくれだか」

「す、すいやせん」

「それから、辰に伊佐に吉！　アンタたちも横に長くなってんじゃないよ。さっさと煤を掃いて、佃煮を調達して、腕のいい左官を連れてきな」

家の奥で寝ていても、それぞれがなにをしたかはお見通し。座敷で子分たちが、「ヒエッ！」と叫んで飛び起きる。

やっぱり「甚五郎親分」の家中は、この嬶ァあってのものだ。

「おかみさん、そんなに怒っちゃ皺《しわ》が増えますぜ」なんて言いながら、みなどこか嬉しそうに動いている。

お弓が子分たちを追い回す様子に満足して、甚五郎はにんまりと顎を撫でた。

こいつらはどいつもこいつも、ろくでなしには違いない。だからって、人から構われたくないわけじゃない。むしろ人の情に飢えてきたから、ちょっと構ってやればすぐ懐いてくる。

可愛いもんだ。

「なにを他人事みたいに眺めてんだい。お前さんは床板だろ」

「えっ、俺もやるのかよ」

「あたりまえだろ。こんな狭い家に、人を集めて騒いでんだから」

「踏み抜いたのは磯吉なんだがなぁ」

しょうがない、女房とは山の神。粗略に扱うと祟られる。

甚五郎はしぶしぶ道具箱から釘抜きを取ってきて、破れた板を外しにかかる。

「親分、親分。その板くだせぇ。焚《た》きつけにしちまうから」

竈に火を起こそうとしていた金蔵が、ざんばら髪をなびかせて振り返った。

炊きたての飯と豆腐の味噌汁、それから塩抜きをした茄子の古漬け。

お弓が整えてくれた朝餉を、みなで車座になって食べた。磯松が古漬けを噛みながら、「ああ、オイラの金――」と嘆くものだから、「気色の悪いことを言うな」と殴ってやった。

金蔵はまだ青白い顔をしているが、なにがあっても食い気を忘れるような奴じゃない。茶碗《ちゃわん》に山盛りの飯をお代わりして、旨そうに食っている。

このぶんじゃ、そのうち傷も癒えるだろう。

女に乗せられ裏切られたのは気の毒だが、いつまでも恨んでいたってしょうがない。まずは生活を立て直し、しばらく真面目に働くようなら、身の丈に合った嫁を世話してやってもいい。

単純な金蔵のことだ。甲斐甲斐しく身の回りの世話をしてくれる女がいれば、品川の女郎のことなんざすぐに忘れてしまうだろう。可哀想だが今度のことは、高い勉強代だったと思うしかない。

俺もなかなか、お人好しだよなぁ。

なんて苦笑いを浮かべつつ、甚五郎は食後の茶を啜《すす》り、煙草盆を引き寄せる。子分たちは、お櫃《ひつ》の中を空にするまでは箸を止めない。若さだねぇと煙草を吸い、煙を吐いた。

「ちょいと、金蔵」

早々に飯を済ませ、裏へ回ったお弓が勝手口から顔を出す。手にしているのは、金蔵が着てきた死装束だ。それを目の高さに持ち上げ、聞いてくる。

「この襤褸《ぼろ》、井戸端に放り出してあったけど、捨てていいのかい？」

「ああ、すいやせん。へェ、そんなに汚れちゃ、どうしようもないんで」

「胴のところに、油紙が張りついてんだけど」

「アッ、それは！」

金蔵は箸を放り出し、お弓のもとに駆け寄った。裸足のまま土間に下りて、油紙とやらを奪い取る。

「危ねぇ、危ねぇ。これは捨てられちゃなんねぇ」

そう言うと、いかにも大事そうに腹へ抱いた。

おいおい、ありゃあ。

甚五郎は目を眇《すが》めてみる。油紙の中に、さらに紙のようなものが透けて見える。

金蔵にはああ言ったが、甚五郎だって若いころには女郎遊びの一つや二つはしたものだ。油紙に透けている、鳥の模様がなにかは知っている。

「おい、金蔵。ちょっとこっちへ来い」

手で招くと金蔵は、油紙を抱いたまま近づいてきた。

「そりゃあ、なんだ」

「へェ、お染にもらった、起請文で」

「なにそんなもんを大事そうにしてやがる。さっさと捨てろ」

「いいやこれは、命の次に大事なもんで」

「馬鹿。テメェはそのお染とやらに、命を取られかけたんだろうが」

「アッ！」

まさか、忘れていたのか。金蔵は、目をまん丸に見開いた。

「ちくしょう、そうだった。お染ェ、お染ェ」

思い出したはいいが、裏切られた痛みもよみがえったらしい。震える手で起請を握り、おいおいと泣きだした。

これには他の子分たちも鼻白み、箸を止めて様子を窺《うかが》っている。

「ああ、もう。しょうがねぇ奴だな。泣くな、泣くな」

金蔵の顔はもう、涙やら洟水《はなみず》やらでぐちゃぐちゃだ。手拭いを投げてやると、しゃくり上げつつ受け取って、凄《すさ》まじい勢いで鼻をかむ。

「洗って返せよ、それ」

トン。甚五郎は煙管《きせる》の雁首《がんくび》を叩き、煙草盆に灰を落とした。

どうやら思っていたよりも、重症らしい。

「そんなに惚《ほ》れていたのかい」

問いかけると、金蔵は小刻みに頷《うなず》いた。

男と女のことだ。あんまり詮索はしないでおこうと思ったが。

「しょうがねぇ。わけを詳しく話してみねぇ」

甚五郎はそう言って、小袖の衿を引き締めた。


——なるほどな。

金蔵が涙ながらに語る話を聞きながら、甚五郎はじっと目を瞑《つぶ》る。

なにせ紋日《もんび》前だ。女郎が金に詰まるのは分かるし、同情もできる。だが金がないからといって客に心中をふっかけて、金ができたからと一人生き永らえようとする。それはいささか、性質が悪ぃ。

おおかた金蔵なら身寄りもないし、ぼんくらだからよかろうと選ばれたのだろうが。

なめた真似を、してくれる。

手にした煙管の羅宇《らう》が、めきりと鳴った。

いけない。気に入りの職人にしか触らせない、こだわりの品だ。危うく折ってしまうところだった。

あらましを語るうちに金蔵は、耐えかねて畳に突っ伏してしまった。それでもまだ、「お染ェ、お染ェ」と名を呼んでいる。

これだけの仕打ちをされて、まだ女が恋しいか。金蔵があんまり呼ぶものだから、甚五郎まで性悪の名前を覚えてしまった。

まったく。なんだってこんな間抜けを、わざわざ殺さなきゃならねぇんだ。

この世には、奪う者と奪われる者がいる。金蔵や他の子分たちは、奪われる側だ。与《くみ》しやすい与太者ゆえに、あの手この手で騙される。

騙される奴が悪いんだと嘯《うそぶ》くむきもあるが、そんなはずはない。いつだって、騙す奴が悪いに決まっている。

熱くなった体を冷まそうと、甚五郎は煙管を手放し、扇子を使う。風がかかって寒いのか、隣に座るお弓がちょっと嫌そうな顔をした。

「ひでぇこともあるもんだ。お前さんが、悔し泣きに泣くのも分かるよ」

そう言ってやると金蔵は、突っ伏したまま激しく肩を震わせる。

「へェ。オイラはもう、明日っからどうやって生きてってていいか分からねぇ」

「ああ、そうか。商売道具まで売っちまったんだったな」

軽はずみなことをしたもんだ。貸本屋の仕事は、金蔵にしては珍しく続いていた。筋道をつけてやったのは、甚五郎だ。

その恩をあっさり手放しておいて、困ったら「親分、親分」と縋ってくる。「いい加減にしやがれ」と突き放してやったほうがいいのかもしれないが、そうすると金蔵は面白いように落ちぶれてゆくだろう。

気まぐれに物乞いに恵んでやったら、その相手が金公だったってことにでもなっちゃ、つまらねぇ。

甚五郎は、音を立てて扇子を閉じる。この先を予見したかのように、お弓が剃り落とした眉の根を寄せた。

「古道具屋の名を言ってみねぇ。俺がきっちり話をつけて、売った値で買い戻してやらぁ」

やっぱり。そう言いたげに、お弓が項垂《うなだ》れる。

甚五郎が得にもならぬことにばかり金を使うせいで、お弓には苦労のかけどおしだ。「うちにだって、金があるわけじゃないんだよ」と、後で叱られるに違いない。

簪の一本も買ってやれぬ、不甲斐ない亭主だ。それでもこの場では、なにも言わずに我慢してくれるのがありがたい。お弓だって、子供のころから面倒を見てきた金蔵のことは可愛いのだ。

「親分」

金蔵は顔を上げ、潤んだ眼差しをこちらに向けた。現金な野郎だ。

「その代わり、金は月ごとにきちんきちんと返してもらうからな」

「へェ、ありがとうございます。このご恩は一生忘れません」

これまでにも、同じ文句を何度聞かされてきたことか。相手は忘れっぽい野郎だ。話半分に聞いておくとしよう。

「でもさ、お前さん。このまま泣き寝入りをするつもりかい？」

ついにお弓が、口を差し挟んできた。

さっきから不機嫌そうだったのは、お染という女郎への怒りを抑え込んでいたせいだ。目尻に朱を走らせて、「アタシは許せないよ」と声を荒らげた。

「女郎なんだから商売のためにつく嘘はしょうがないが、これは違うじゃないのさ。立派な人殺しだよ。それがアンタ、涼しい顔してこれからも見世を続けるんだろ。そんなもの、お天道様が許してもこのアタシが許しゃしないよ」

お弓の怒りにつられ、金蔵もまたべそをかく。

「俺だって」と呟いて、大粒の涙をぽろぽろ零した。

「俺だって、許せねぇ。だけどおかみさん、どうすりゃいいんだ。ことがことだけに、お上に訴えることもできねぇよ」

「それだよ。ねぇ、どうにかならないのかい、お前さん」

期待を込めた眼差しで、お弓が甚五郎を振り仰ぐ。金蔵も、洟を啜りながら見つめてくる。部屋の隅に控えていた他の子分たちまでが、じっと眼を据えてきた。

「そうだなぁ」

甚五郎は、扇子の尻で頭を掻く。たしかにお染という妓《おんな》には、ひと泡吹かせてやらなきゃ気が済まない。

「仕返しを、してやりてぇか?」

尋ねると、金蔵は唇を嚙み締めながら頷いた。

「そうか。ならひとつ、手を貸してやろう」

甚五郎がニヤリと笑うと、息を詰めていた子分たちの表情も和らいだ。

お弓も「それでこそだよ」と得意気だ。甚五郎は、金蔵に向かって手招きをした。

「おい、その起請を寄越せ」

健気なことに金蔵は、悔しいと泣きながらも起請文を握り続けていた。そんなにも、この紙切れ一枚が嬉しかったのか。なんの価値もないそれを、不安げに差し出してくる。

腹に入れておいても汗に濡れないよう、起請は油紙で丁寧に包まれていた。

そのお蔭で、海に落ちても墨の滲《にじ》みは少ない。「金蔵さん江」という宛名と、「おそめ」という署名がはっきりと読み取れる。

「ふむ、これなら問題はあるめぇ。それからそうだな。辰、お前ェも手伝え」

「エッ、アッシがですか」

名指しをされて、辰吉が己を指差した。

「オウ。お前ェは今から、金蔵の弟だ」

そう言ってやると、辰吉は出っ歯の口をぽかんと開けて、金蔵に顔を向けた。目と目が合うと、「そんなぁ」と泣きそうな顔をする。

「うちのおっ母が、俺の前にこの間抜けを産んだってんですか。それともおっ父が、外で作らせた子ですかい」

「どっちでもねぇが、間抜けっぷりはそっくりだよ」

さて性悪のお染とやらを、どう懲らしめてやろうか。

甚五郎の頭の中で、仔細《しさい》が組み上がってゆく。

「よし、金蔵」

「ヘイ、なんでしょう」

金蔵のほうでも、親分がどうにかしてくれると心当てにしているようだ。涙でぐちゃぐちゃになった顔に、光が差している。

甚五郎は、その鼻先に扇子を突きつけた。

「悪いこたぁ言わねぇ。お前ェはもういっぺん、死んでこい」

七　露《つゆ》は尾花

体が砂を詰めた頭陀袋《ずだぶくろ》のように重い。少しでも気を抜けば、瞼《まぶた》がすとんと落ちてくる。

それでも喜助《きすけ》は涼しい顔で、腿《もも》の裏をキュッとつねる。

「なんだか昨夜《ゆうべ》は、犬がえらく吠《ほ》えてなかったかい」

「アラ、そう。わっちは少しも気づかず寝ていたよ」

客と女郎が廊下へ出てきたのを見て、すかさず玄関に下足を揃《そろ》えた。

「ホラ、取っときな」

気前のいい客だ。差し出された銭を、「へェ、ありがとうござんす」と腰を屈《かが》めて受け取る。慣れた動作が、今朝はつらい。

「じゃあね。必ずまた、来ておくれよ」

女郎が上がり口に座った客へしなだれかかり、ここぞとばかりに秋波を送る。朝ごとに、厭《あ》きることなく繰り返される光景だ。

自分だけに言ってるわけじゃねぇって、分かりそうなもんだがなぁ。

客は娘よりも若い女の媚態《びたい》に、「分かった、寂しがるんじゃねぇぞ」と鼻の下を伸ばして帰ってゆく。

女は騙《だま》すとよく言うが、男だってその言葉に騙されたがる。自分だけは特別だと、勝手に思い込もうとする。

テメェから網にかかっておいて、騙されたもなにもないもんだ。

「ヘン、誰が寂しがるかってんだ。ああ、気色が悪い」

客が帰ると、女郎はあっさりと豹変する。喜助は下足札を揃《そろ》えながら、その悪態を背中で聞いた。

ひ、ふ、み、と——。見送りの客は、今ので最後か。あとはみな、居続けだ。

「ネェ、喜助《きすけ》どん」

とん。肩に細い指が置かれた。

背中にぞわりと寒気が走る。さっきの女郎は、小滝《こたき》だったか。眠気が勝り、顔などよく見ていなかった。

「お前さんがわっちと寝直してくれたら、気分も変わろうというものだけどねぇ」

今年の春に、突き出しを済ませたばかりだ。はじめて客を取ったあと、抱いてくれとせがまれた。涙ながらの訴えは可哀想ではあったけど、できぬ相談だと突っぱねた。

あのころの純情ぶりはどこへやら。すっかり擦《す》れたものである。

「お戯《たわむ》れを言っちゃあいけません」と、喜助はいつもどおり取り合わない。

小滝はフンと鼻を鳴らした。

「お染姐《そめねえ》さんとなら、お戯れもしたいだろうにさ」

またそれか。こういうとき、すぐにお染の名が出る。馬鹿馬鹿しいと、首を振る。

「そうだ、わっちも皺《しわ》くちゃの年増になったら、同情してくれるかい？」

肩に載った手を払おうとしたが、気づけば力いっぱい摑《つか》んでいた。

「痛ッ！」という、鋭い声で我に返る。

手を離すと、小滝は己を庇《かば》うように身を遠ざけた。

その頬に、怯《おび》えの色が滲《にじ》んでいる。ちょっと強く摑まれたくらいで、尻尾を巻くとは可愛いものだ。

お染ならここで、啖呵《たんか》の一つも切るだろうに。

そう思ったら、鼻からフッと息が洩《も》れた。

「なに笑ってんだい、馬鹿野郎！」

苦し紛れでも、捨て台詞を残すあたりはさすが女郎だ。小滝は上草履を鳴らし、引け部屋へと去ってゆく。あのぶんではまだまだ、部屋持ちには遠かろう。

「なんだ、今のは小滝か」

居続けの客から勘定を分捕ってきたらしい番頭が、大福帳を小脇に抱えて戻ってきた。頸を左右に傾けて鳴らしながら、「弱ったねぇ」とぼやく。

「あいつの執着にも困ったもんだ。おばさんに言って、そろそろ灸《きゅう》を据えてもらおうか」

「いいえ、それにゃあ及びません」

灸なら、今ので充分だろう。蒸し返さないほうがいい。

「そうかい。まぁ、相手がお前さんなら安心だが」

ずいぶん信用されたものだ。なんだか頬の古傷が痒《かゆ》い。爪を立てて掻《か》きながら、喜助はひっそりと笑う。

「さ、二晩続きはくたびれただろう。もういいから上がんな」

番頭が帳場に座り、柘植《つげ》の算盤《そろばん》をジャッと鳴らす。本来寝ずの番だったはずの米助《よねすけ》は、腹具合が悪いということになっている。

「では、失礼しやす」

もはや眠気には抗《あらが》えない。喜助はその場に膝をつき、込み上げてくる欠伸を嚙《か》み殺した。


仕事を上がる前にお部屋へ行って、楼主に挨拶を済ませてきた。

昨夜の騒ぎには、気づかれていないようだ。「変わりはねぇか」という問いに、喜助は素知らぬふりで「へェ」と返した。

さて、いよいよ眠りを貪れる。いや、その前に湯か。

昨日はずいぶん、あっちこっちと駆けずり回った。涼しい季節ではあるけれど、さすがに汗臭い。

だが湯から戻ってきたところへ、また用を言いつけられないともかぎらない。

もう、寝そびれるのは懲り懲りだ。

昼間寝られなかったせいで、寝ずの番の間に少しだけ、帳場で居眠りをしてしまった。それがなければ、お染と金蔵《きんぞう》が部屋で揉《も》み合っていたことに気づけたはずだ。

危うく、お染を死なせてしまうところだった。

もっとも、金蔵を助けるには間に合わなかったのだが。

あいつなら、べつにいい。

喜助は前々から、金蔵をよく思ってはいなかった。

下足を預かる身として言わせてもらえば、客の為人《ひととなり》はある程度、履物に出る。それなりに金を持っていても、履物の手入れが行き届かない奴はそのうちぼろが出るし、こまめに修理をしながら履いている客は感じがよい。

ところが金蔵の下駄ときたら、どんな歩きかたをしているのか、歯はすり減り放題。前壺は弛《ゆる》みきっているし、鼻緒は元の色すら分からず、おまけに臭い。

これでは歩きづらかろうと、夜のうちに、前壺を締めておいてやったことがあった。

前日とは履き心地が違うのだから、普通は足を通せば気づくはず。

「オッ、お前さんがやっといてくれたのかい。気が利くねぇ」と、祝儀をくれるのがたいていの客だ。

金蔵は、気づかなかった。玄関でサッと下駄を履くと、「お染ェ、また来るからよぉ」とでれでれとして帰っていった。

そんなことが、あるのだろうか。祝儀をケチりたくて気づかぬふりをしたんじゃない。下駄の履き心地なんてものにまで、頭が回っていないのだ。

どれだけものを考えずに、生きてやがるんだ。

だからこそお染も御しやすしと踏んで、心中を誘いかけたのだろうが。あんな男と死んだところで、美談になどなりはしない。お染もよっぽど、やきが回っていたと見える。

心中相手なんざ、べつに客じゃなくっても——。

いいや、馬鹿なことを考えた。喜助は一人、首を振る。女郎と若い衆の心中なんてそれこそ締まらないし、世話になった親父様にも申し訳が立たない。

だがそれでも、お染に「死のうと思う」と泣かれたら、自分はなんと答えるだろう。

そんなことを考えながら廊下を歩いていたら、ふいに行灯部屋の障子が開き、白い手がにゅっと突き出てきた。

喜助はハタと立ち止まる。手はおいでおいでをするように揺れている。

その優雅な手つきだけで、誰だか分かってしまった。

周りに人がいないのをたしかめてから、喜助は行灯部屋に身を滑らせ、後ろ手に障子を閉めた。

薄暗く、埃《ほこり》っぽい部屋の中で、お染が微笑み返してくる。

目の周りがほんのりと赤らんでいるのは、あれから一睡もしていないのか。障子の透かしから覗《のぞ》き見ると、お染は金を持ってきた番町の旦那と朝まで碁を打っていた。人を一人突き落としてきたばかりとは思えぬ、堂々とした素振りだった。

外の気配を窺《うかが》うように目の玉をきょろきょろと動かしてから、お染は声を潜める。

「あれ、やってくれたかい」

その言わんとするところを悟り、喜助は頷《うなず》いた。

「へェ、抜かりなく」

お染があの男を海に突き落としたことは、二人きりの秘密だ。表向き金蔵は、夜も明けぬうちから品川を発ったことになっている。

お染が聞いたところによると、金蔵は世話になっていた人に暇乞いをしてきたというし、このまま行方知れずになったとしても旅の途上と変わりがない。なかなか帰ってこないなと思われるくらいのもので、捜されはしないだろう。

預かっていた金蔵の下駄は、他の者が起きてくる前に鉈《なた》で割って台所の薪炭《しんたん》に紛れ込ませておいた。元々が、擦り切れてぼろぼろになった木片《こっぱ》だ。誰もあれを、下駄のなれの果てとは思うまい。

金蔵が散々飲み食いした勘定と玉代は、旦那が持ってきた五十両の中からお染が払った。脱いでいった着物は後で、風呂にくべちまおうと思っている。

それですべて、片がつくはずだった。

「お前さんには、面倒をかけちまったね」

お染はホッと息を吐き、指先で帯の間をまさぐる。差し出されたのは、懐紙をキュッと捻《ひね》ったもの。手のひらを出して受け止めると、いつもよりずしりと重い。

おそらく、口止め料も入っている。

こんなものくれなくたって、誰にも喋《しゃべ》りゃしないのに。

だがお染は人の心よりも、金の力を信じている。受け取ってやったほうが、安心だろう。

「ありがとうござんす」

喜助はそれを、素直に懐へ仕舞う。その様子を見届けてから、お染が脇を通り過ぎた。

下顎からうなじにかけて、落とし残しの白粉がひと筋。すっと流れていったのを、思わず目で追いかける。

たおやかな手を障子にかけ、お染が振り返った。

「ああ、そうだ。呉服屋を呼んでおくれ。急ぎでね」

そう言って笑う姿には、かつての眩《まばゆ》いばかりの輝きはない。薄暗い部屋に佇《たたず》むお染は、手を伸ばせば届きそうだ。

「ええ。さっき人を遣っておきました」

「さすがだね。頼んだよ」

障子を細く開き、お染がするりと部屋を出てゆく。廊下から忍び入った風が、柔らかな残り香を運んで消えた。

喜助は我知らず握り締めていた手をほどき、その場に崩れ落ちる。薄く積もっていた埃が舞い、げほげほと咳《せ》き込んだ。

ああ、ちくしょう。もう、指の一本も動かしたくねぇ。

そのくらい、疲れていた。

ちょうどいい、ここには古い布団もある。

積み上げてある布団の端に頭を載せて、喜助は床に身を預けた。

ずぶずぶと、背中が畳に沈んでゆく。体の節々にまで疲れが回っており、早く意識を手放して、楽になりたがっている。

それなのになぜか一部が漲《みなぎ》って、天井を指していた。

疲れすぎだ。意に染まぬ体に呆《あき》れつつ、喜助はゆっくりと目を閉じる。

目が覚めたら湯へ行って、昼酒を一杯。

それからお染にもらった金で、南品川の銭見世の女郎でも買うとしよう。

「兄ィ、昼間はどうもお楽しみだったようで」

名代部屋に客を通し、妓《おんな》を呼びに行こうとしたら、すれ違いざま米助に首筋をトンと突かれた。

喜助はチッと舌打ちをし、衿《えり》を直す。睨《にら》みつけてやると、米助はそそくさと逃げて行った。

昼間袖を引かれるままに上がったのは、見世とは名ばかりの破れ家だ。

女は喜助の母親でもおかしくはない歳《とし》ごろで、一切《ひときり》百文どころか八十文でいいと言う。哀《あわ》れに思って小粒を投げてやったら、大喜びで巻きついてきた。

ねっとりと、肌を吸うのが好きな女だった。見えるところはやめろと止めたが、首筋に血痣《ちあざ》が残った。

苦しいくらい、衿を詰めていなければ見えてしまう。まったく、厄介なものを残してくれた。

「あの世ってのは、海の彼方にあるんだってね。じゃあ海で死んだ人の魂は、どこへ行くんだと思う?」

女の亭主は、漁師だったという。ある朝いつもどおりに漁へ出て、時化《しけ》にのまれて帰らぬ人となってしまった。だから女は今もあの、海辺の破れ家から離れずにいるのだろう。

知るもんか。だいたい俺は、人の魂なんざ見たこともねぇ。

見えないものは、ないのと同じ。毎日必ず誰かが死んだ鮫河橋《さめがばし》でさえ、人魂の一つも飛ばなかった。

だいたいあの世があるのは、地の底じゃないのか。いやそもそも、あるとは思っていないのだが。

女がそう信じたいのなら、わざわざ打ち消すこともない。けっきょく人は、自分の信じたいものだけを見て生きている。

表座敷では、客が飲めや歌えやの大騒ぎだ。こいつらも、明日の勘定は見たくないだろう。喜助は座敷の前に膝をつき、障子を開ける。芸者が掻《か》き鳴らす三味線の音が、いっそう大きくなって響く。

客と一緒になって、小滝がひらひらと踊っていた。その背後に忍び寄り、「名代部屋の三番、箍屋《たがや》の留吉《とめきち》」と耳元に囁《ささや》いてやる。

聞こえたであろうに朝の意趣返しか、小滝は知らぬふりで踊り続けている。

客が揚がったことが伝ったなら、それでいい。

座敷の中を見回すと、奥にお染が座っていた。

自分の客にしなだれかかり、酌をしてやっている。首をちょっと傾けたその仕草は、隙だらけに見えて隙がない。身八つ口から入ってこようとする客の手を、巧妙に避けている。

そこらへんで踊らされている小娘とは、年季の入りかたが違うというものだ。

うっすらと微笑むお染の振舞いには、普段と違うところがない。死のにおいなど、微塵《みじん》も感じさせないから立派だ。

俺も、ぼろを出さないよう気をつけねぇと。

どのみち死人に口はなし。生きている人間のほうが、よっぽど怖い。

死人なんぞ、静かに朽ちてゆくだけだ。

そういえば鮫河橋の爺さんは、誰かに弔ってもらえたろうか。

そんなことを、ふと思い出した。


今夜もそろそろ、引けが近い。

名代部屋は、ほとんど客でいっぱいだ。これ以上のお出でがあれば、相部屋を願うことになるかもしれない。

入れ替わり立ち替わり、よくもまぁ毎日飽きもせず客が来るものだ。

「おい、若い衆さん」

「喜助どんや」

客や女郎に呼ばれ、部屋から部屋へと用聞きをして回る。廊下をゆく他の若い衆や芸者とぶつかりそうになりながら、喜助は目まぐるしく働いた。

やれやれと気を抜いて、歩きながら首のつけ根を揉む。頭を下げることの多い仕事だから、肩が凝る。

「ヨォ」と、行く手の名代部屋の障子が開いた。

その隙間から、待ちぼうけの客が顔を出す。

「俺の敵娼《あいかた》は、まだ来ねぇのか」

「あいすみません。今夜は立て込んでおりまして」

「立て込んでるって言ったって、顔も見せに来ねぇじゃねぇか」

顔を真っ赤にして怒っているのは、箍屋の留吉だ。小滝はまだ、表座敷で踊っているのだろうか。

「へェ、間もなく廻《まわ》ってきやすんで」

「廻ってくるって、祭りの神輿《みこし》じゃねぇんだからよ」

小滝は喜助に対して臍《へそ》を曲げている。言っても聞かないだろうから、後で遣り手に頼んでおこう。

「本当に、あとしばらく」

「しばらくねぇ。もう煙草も切れちまったんだが」

「そんならアッシが、ちょっと行って買ってきやす」

「そうかい。じゃあ頼むよ」

喜助は腰を屈《かが》め、客が懐から出した銭を受け取る。この額じゃ、使いに出る喜助の取り分はない。

ケチな奴めと腹で毒づき、顔には太鼓持ちのような笑みを貼りつける。喜助は「ヘイヘイ」

と、正面の大階段を下りてゆく。

玄関脇の張り見世では、おりくがまだ売れ残っていた。昨夜は調子がよかったが、続かなかったようだ。

初回の客には、なるべくつけてやってほしいんだが。

そんなことを考えつつ下駄をつっかけ、表へ出る。

とそこへ、青白い顔がぬっと突き出された。

「どうも、おこんばんは」

「ウワッ！」

喜助は文字どおり飛び上がった。出し抜けに声をかけられたことにまず驚き、相手の顔にもう一度驚いた。

今ここに、いるはずのない男だった。飛び跳ねる心の臓を治めようと、胸に手を当てる。

「ああ、驚いた。金蔵さんか」

この野郎、生きていやがったのか。

声は震えていないだろうか、振舞いは自然だろうかと気を配りつつ、喜助は表情を取り繕った。

「へェ、金蔵です」

だがどうにも、様子がおかしい。いつも粗忽《そこつ》な金蔵が、やけにしょんぼりとして、虚《うつ》ろな目を向けてくる。この影の薄さはなんだと、ゾッとする。

まさか、幽霊ってこたぁないよな。

我ながら、なにを気にしているのだか。人の魂など、信じていないのではなかったか。

しっかりしろと、下腹に力を込め直す。おおかた金蔵は潮に流されはしたものの、運よく浅瀬に打ち上げられたのだ。

まったく、悪い冗談だ。

「お染はいるかい？」

金蔵は、生気のない声で聞いてくる。恨み言でも言いにきたかと、身構えた。

「ええ、おります」

「じゃあ、上がらせてもらうよ」

「あっ、ちょっと！」

止める間もなく、金蔵はするりと脇を通り抜けて見世に入ってゆく。鼻先を、磯の香りがかすめていった。

こいつまさか、昨夜海に落ちてから、湯に入ってねぇのか。

そうとしか思えぬにおいだった。

「あの世ってのは、海の彼方にあるんだってね」という、昼間の女の声がよみがえる。

いいや、呆《ほう》けている場合じゃない。金蔵はふわふわふわと、大階段を上がってゆく。喜助は慌てて後を追いかけた。

「お待ちを、金蔵さん」

お染の客は、まだ表座敷で遊んでいる。今なら本部屋が空いているはずだと、いったんそちらへ通すことにした。

「お染さんエ、お染さんエ」

落ち着けと、心に念じる。金蔵がなんのつもりで上がってきたかは知らないが、ぼろを出すな。

脇にじっとりと汗が滲むのを感じながら、喜助はお染の名を呼んだ。

「お染さんエ、お染さんエ」

オヤあの声は、喜助どんかい。

珍しく、落ち着きのない声を出している。

なにかしら、不測の事態が起こったか。胸騒ぎがして、お染は肩からずり落ちそうな仕掛けを押さえ、立ち上がる。

「おいおい、どこへ行くんだ」

しこたま酔わせて目もろくに開いていなかったはずの客が、よく気づいたもので、仕掛けの裾を摑んできた。

汚い手で触るんじゃないよ。

仕掛け一枚を作るために、女郎がどれだけ苦労をしてると思ってるんだ。

蹴飛ばしてやりたいというのが本音だが、お染は「おやマァ」と膝をつき、客の手を握り込んだ。

「わっちが去る気配に気づくだなんて、可愛いお人。いい子だから、ほんの少しだけ待っていておくれね」

「嫌だ。行くなよぉ」

「そんな駄々をこねて。わっちを困らせないでおくれ」

この客は、酔うと子供のようになる。頭を撫でてやると満足したのか、とろんと瞼を閉じて横になった。お連れはまだ隣で浮かれ騒いでいるし、このぶんならしばらく放っておいても平気だろう。

「お染さんエ、お染さんエ」

喜助の声が、座敷を通り過ぎてゆく。

いったいどこまで行こうというのか。お染は廊下に顔を出し、「ここだよ」と呼びかけた。

「すいやせん」と、喜助が戻ってくる。なぜそんなにも、息を切らしているのだろう。

「どうしたんだい」

他の者の目に触れないよう、手招きをして端へ寄る。喜助の頬が、引き攣《つ》っている。

「来ました」

「誰が」

よく声を聞こうと、顔を寄せる。荒い息が、耳へかかった。

「金蔵が」

「エッ!?」

そんな馬鹿な。

今もまだ、あの男を突き落とした感触が手に残っている。黒い水面《みなも》に目を凝らしても、姿は見えなかったというのに。

死んだんじゃ、なかったのかい。

「本当に、金さんなの」

「ええ、間違えるはずがありやせん」

「どんな様子だい」

「それがなんだか青い顔で、『お染はいるかい』と、勝手に上がってきちまったんです」

「足はあったかい」

「ええ、多分」

「曖昧だねぇ」

「そこまでは、よく見なかったんで」

それもまた、珍しい。足元を見るという言葉があるとおり、喜助はいつも客の足元に注意を向けている。「あの人はいい」と喜助が重んずる客は、たいてい人柄がよく、金もあった。

「どこの部屋へ通したの」

「本部屋へ」

よりにもよって。

気味の悪さに、お染は眉根を寄せた。

ともあれ、会ってみなけりゃはじまらない。生きていたならいたで、打っ遣っておいて騒ぎだされても困る。

「分かった、行ってみるよ。でもさ、お前さんもついて来ておくれ」

「ええ、参りましょう」

幽霊だろうと生身だろうと、金蔵がお染を恨んでいることに変わりはなかろう。喜助が傍《そば》にいてくれるのならば、心強い。

震える足を励まして、どうにかこうにか歩いてゆく。お染の部屋の前で、喜助が素早く膝をついた。

目と目を合わせて、頷き合う。「ごめんくださいまし」と、部屋の障子が開かれた。

金蔵は、ぽつんと所在なげに座っていた。喜助が言っていたように、たしかに顔は青白い。だが体は透けていないし、どうやら足もある。

「ああ、お染」と力なく微笑むあたり、怒ってもいない様子だ。「こっちへおいで」と手招きをする。

もしかしてこの人、わっちが突き落としたことに、気がついていないのかしら。

お染は喜助に頷きかけてから、部屋に入る。背後でするすると障子が閉まった。それでも喜助は、そこに控えているはずだ。

「ああ、金ちゃん」

と、口から洩れた安堵《あんど》の溜《た》め息は本物だった。

「よかった、無事だったんだね。わっちはもう、どれほど気を揉んだか知れないよ」

金蔵の正面に膝をつき、懐に挟んだ御簾紙《みすがみ》で目元を拭う。目頭を強く押したら、上手い具合に涙が滲んだ。

「いいや、俺はいっぺん、死んだんだ」

「アラマァ」

お染はわざと驚いて見せる。金蔵がとんちきなことを言うのは、今にはじまったことじゃない。調子を合わせておこうと思った。

「そう、死んじまったの」

「真っ暗な道をこう、とぼとぼと歩いてゆくと、どっかから『金蔵、金蔵。そっちにはまだ行っちゃあいけねぇ』と呼ぶ声がするんだ。ハテ、どこで呼ぶのかと思って声のするほうへ戻ってみたら、真っ暗だったところがだんだん明るくなってくる。そのうち耳元がザワザワとうるさくなってきたんで、目をぱっちりと開いてみたら、生き返ったんで」

「マァ、そうだったの。大変だったねぇ」

金蔵は伏し目がちに、ぼそぼそと喋り続けている。九死を逃れ、どうもまだぼんやりしているようだ。虚ろな眼差しが、お染の顔に注がれる。

「それでふと、お染はどうなったかと気になった。よかった、お前ェも無事だったのか」

無事を喜ばれると、さすがに胸が痛い。お染は御簾紙をギュッと握り、目に押し当てる。

「いえね、お前さんが飛び込んだあと、わっちも続こうとしたんだよ。だけど、見世の若いのに止められちまってね。死にきれやしなかったんだ。ごめんよ」

「そうか、そうだったか。いや今となりゃあ、それでいいんだ」

「許してくれるの？」

「許すもなにも、互いに助かったんだから」

お染の知る金蔵は、こんな仏心に溢《あふ》れた男じゃない。きっと昨夜の桟橋でのことを、あまり覚えていないのだ。

ならしめたもの。記憶があやふやなうちに、ごまかしてしまえばいい。

「そうだねぇ、本当によかった。ねぇ、積もる話もあろうから、台の物でも取って景気をつけようじゃないか。なぁに、心配はいらないよ。お代はわっちが持つよ」

「いいや、いらねぇ」

「どうして。お前さん、いつもは意地汚いほど食べるじゃないの」

「いっぺん死んじまったせいか、どうも生臭を食う気になれない」

体がまだ、本調子ではないのだろうか。奇妙なこともあったものだ。

「お酒は、飲むだろう」

「いいや、水がいい。どうか清いのを一杯」

もしや、ふざけているのだろうか。だんだん薄気味悪くなってきた。

「なにか、食べたいものはないのかい？」

「そんなら、団子が食いてぇ」

「お団子？　変なものを食べたがるね。まぁいいよ。餡《あん》かい、蜜かい、焼いたのかい」

「白い団子を」

「なにを言ってんだい。お供えじゃないんだからさ」

金蔵の様子はますますおかしい。よくよく見れば、額がざっくりと切れている。海に飛び込んだ拍子に頭でも打って、打ちどころが悪かったのかもしれない。

「甘いものがいいなら、金とんでも取ろうか、ねぇ」

「イヤ、もういい。俺ぁなんだかさっきから、心持ちが悪いんだ。寝かしちゃくんねぇか」

「ああ、そうかい。そうだね。すぐお布団を入れてもらおう」

よっぽど疲れているらしい。死にかけてまた生き返ったのなら、無理もない。

廊下の障子を開いてみたら、心配顔の喜助と目が合った。

耳をそばだてて、一部始終を聞いていたのだろう。喜助は首を伸ばし、部屋の中を覗《のぞ》き込む。

気分が悪いらしい金蔵は、すでに畳の上に長くなっている。

「大丈夫ですかい」と目で問いかけてくる喜助に、お染は頷きかけた。

「そんなわけだから、布団を敷いてやっとくれ」

「へェ」

喜助は腰をさらに低くしてから、立ち上がる。布団部屋に夜具を取りに行くのである。

さてそうなると、表座敷に置いてきた客が気がかりだ。

様子を見てこようと、上草履に足を通す。そこへ若い衆の米助が、廊下の向こうからやって来た。

「ア、お染さんエ、お染さんエ」

まさかまた、客が上がったのか。米助はお染を見つけると、小走りに駆け寄ってきた。

「今二人連れのお客様がお越しになって、お染さんにちょいと話があるって。どうしてもお目にかかりたいというので、待っておられます」

米助にそう言われ案内されたのは、初会の客と顔合わせをするための引付部屋だった。

客が二人に、女郎が一人。そんな馬鹿なことがあるものか。

なんの用だろうかと尋ねても、米助はまるで要領を得ない。ややこしい客からはある程度、用向きを聞きだしておいてほしいものだが、入ったばかりの新米では仕方がない。

「次からは気をつけておくれよ」と叱ると、米助はちょっと首をすくめてよそへ行ってしまった。

まったく、今どきの若いのはこれだから。

お染は引付部屋の前で、軽く衿の合わせを直す。どうか、面倒な話じゃありませんように。

「アラ、いらっしゃい」

ほどよい笑みを顔に貼りつけ、障子を開けた。引付部屋は二十畳からなる座敷だが、引け四つが近いせいか、中には客が二人いるだけだった。

オコゼのような顔の大きな男と、出っ歯で痩せぎすの男。用があるというのは、この二人か。

「お前さんが、お染さんかい」

オコゼ顔の男の問いに、お染は「エエ」と頷いた。

お互い様だが、あまり堅気のにおいがしない。身なりや年齢からしても、オコゼ顔が頭目だろう。

この手のお人に、目をつけられるようなことがあったかねぇ。

我が身を振り返りつつ、「こっちへお入り」と手招きされて膝を進めた。

「ちょいと、煙草をいいかい？」と、オコゼ顔が問う。

「もちろんですとも」

お染は脇に置いてあった煙草盆を、そっと前へ押しやった。

「ありがとよ。いえね、はじめてお目にかかって、こんなことを言うのもアレなんだが」

面貌に似合わず、歯切れが悪い。やっぱり、よくない用向きだろうか。

吸っていいかと聞いておきながら、オコゼ顔は懐から取り出した煙管《きせる》を指先で弄ぶばかり。

焦れながら待っていると、ようやく分厚い口を開いた。

「お前さん、神田《かんだ》の貸本屋の、金蔵ってのは知ってるかい」

「ええ。そりゃあ、存じちゃいますけども」

それがどうしたと、眉根を寄せる。あの金蔵が、よそでもなにかやらかしたのか。だとしても、自分にはかかわりのないことだが。

と考えたところで、ピンときた。思わず「アッ！」と声を上げる。

「あの、もしかして親分さん？」

「ああ。金公にゃ、甚五郎《じんごろう》親分と呼ばれちゃいるが」

「やっぱり。金蔵さんから聞いていたんですよ。子供の時分から世話になったって」

震え上がるほど厳《いか》つい顔をしていやがるんだと、言っていたからすぐに分かった。

ひどい言われようだったとも知らず、甚五郎は「そうかい、そうかい」と嬉しそうに目を細める。

「あいつが、俺の話をねぇ」

出し抜けに、横に控えていた出っ歯が「ううう」と袖に顔を埋《うず》めた。

「ああ、コラ。泣くんじゃねぇよ。お染さんがびっくりしてるじゃねぇか。いえね、こいつは金公の弟で、辰吉《たつきち》というんですが」

金蔵に、弟がいたのか。それは聞いたことがない。

「あまり、似ていないんですねぇ」

「腹違いなんだ」

なるほど。だから金蔵も、人に話さなかったのか。あんな男とは他人のふりをしていたほうが、弟のためにはいい。

「ひとまず、順を追って話そうか。昨夜俺は、品川へ夜網に来たんだがね」

さていったい、なんの話がはじまったか。江戸っ子のくせに、まだるっこしい男だ。

話の腰を折るわけにもいかず、お染は「ハァ」と相槌《あいづち》を打った。

「ところがどうしたものか、いくら網を打っても、雑魚《ざこ》一匹かからねぇ。どうも調子がよくない、もう帰ろうかと思ったが、手ぶらで帰るのも業腹《ごうはら》だ。あと一投と決めて投げたら、今度はずっしりと手応えがあった」

「それはよかったこと」

「だが、しめたと思って引き上げようとしたら、そいつは土左衛門《どざえもん》だったんだ」

「マァ、縁起でもない」

「だろう。俺もこんなものがかかりやがってと腹が立って、竿《さお》で向こうへ押しやった。しょうがねぇから河岸《かし》を変えようと、二、三丈舟を漕いで、やり直しだ。しかしもう一度網を打ったら、また同じ土左衛門がかかるじゃねぇか」

「奇遇だねぇ」

こちらも決して、暇じゃない。さっさと用向きを伝えてはくれないものか。

甚五郎は調子が出てきたようで、情感たっぷりに身振り手振りを加えて語る。

「一度ならず二度までも、俺の網にかかるんだ。よっぽど因縁のある仏に違いねぇ。ならば葬ってやろうと舟に上げて、顔を見て驚いた。それがお前ェ、金蔵なんだ」

「アラアラ」

なにを言っているんだろう、このお人は。お染はぱちりと目を瞬《しばたた》く。

「しかしゾッとするじゃねぇか。着ているものはみな流されちまったってのに、臍《へそ》のところにこう、紙みてぇなものが貼りついていた。その紙ってのが、これなんだが」

甚五郎が身じろぎをして、懐から取り出したものを畳へ広げた。首を伸ばし、お染もそれを覗き込む。熊野牛王《くまのごおう》の、烏《からす》が摺《す》られた紙である。

「お前さんが書いてやった、起請だろう」

そりゃあ、ずいぶん前に書いてやったことはあるけれど。

お染は呆れて、なにも言えない。

「みな不思議だと言っているが、これはきっと野郎が死ぬ前にお前さんのことを、よっぽど思い詰めていたからに違いねぇ。おいおい、辰。泣くな、泣くなよ」

出っ歯の辰吉とやらはもはや、座っていられなくて畳に突っ伏している。激しく震える背中を、甚五郎がさすってやる。

「それでひとつ頼みがあるんだ。そんな仲のお前さんが線香の一本もあげてやったなら、奴さん、どんなに喜ぶか知れやしない。忙しいのは分かっちゃいるが、親方にお願いをして一刻か二刻でも暇をもらって、通夜に顔を出しちゃくれねぇだろうか」

「ハア、そうですか」

真面目な顔で聞いているのも馬鹿らしい。お染は袖を口元に当て、肩を揺らす。

甚五郎が、大きな眼をぎょろりと剝《む》いた。

「なにが可笑しい」

「なにって、おかしいことばかりですよ。誰になにを聞いて来たかは知らないが、つまらない冗談はおよしなさいな」

「冗談もなにも、俺たちゃあその通夜から抜けて来ているんだ」

「いったい誰の通夜なんだか。だって金蔵さん、今わっちの部屋で寝ておりますよ」

「ヘッ!?」

身を伏せていた辰吉が、飛び上がるようにして顔を上げた。甚五郎と目を見交わして、首を傾げる。

なにを驚いているのだか。生き返った金蔵から心中の顛末《てんまつ》を聞いて、金でも強請《ゆす》るつもりで来たのかもしれないが、お生憎様《あいにく》。段取りに行き違いがあったものらしい。

まったく、ケチな奴らだよ。

「じゃ、わっちはこれで」

これ以上はつき合っていられない。下がらせてもらおうと、お染は爪先を立てる。

「いや、待ってくれ。おい、辰。アレを見せてやれ」

「アレって?」

「位牌だよ」

辰吉が「ああ」と頷き、懐を探る。目当ての物がないのか、襦袢の中にまで手を突っ込んでいる。

「どうしたい」

「いや、おかしいな。たしかに懐へ入れといたんですが」

「なんだと。テメェ、どっかに落っことして来やがったか」

「まさか。いくら俺でも、兄貴の位牌を落っことすなんてこたぁねぇ」

嫌だよ、この人たち。まだ続ける気かい。

お染はすっかり鼻白み、二人のやり取りを眺めていた。いくら慌てて見せたって、騙されやしない。だって金蔵は、お染の部屋にいるのだから。

「そんなに言うんなら、一緒に部屋まで来てくださいよ。金蔵さんの顔を見れば、お前さんたちも納得だろう」

「まさか本当に、いやがるのか」

「エエ、いやがりますよ。ささ、参りましょう」

甚五郎が目を見開いたまま、ごくりと喉を鳴らす。今さらなにを、焦っているのか。

サア、化けの皮を剥《は》いでやろうかね。

おかしなことになったものだと冷笑しつつ、お染は二人の先に立った。

八　思へばかろし

「金《きん》ちゃん。お休みのところ悪いけど、今ね、親分さんが見えてるんだよ。それでね、お前さんに会いたいと言うものだから、ちょいと開けるよ」

馬鹿げているとは思いつつも、金蔵《きんぞう》の寝顔さえ見届ければ、甚五郎《じんごろう》たちも納得して帰るしかあるまい。お染《そめ》は部屋の前に膝をつき、くだくだしく断りを並べ立てた。

まったく、とんだ茶番だよ。うんざりしながら障子を開けると、六畳間の真ん中に、夜具がひと組敷かれている。

「オヤ?」

だがそこに、寝ているはずの金蔵の姿はなかった。

どこへ行ったんだろう。厠《かわや》かしら。

間の悪いことだ。甚五郎が、鬼の首でも取ったように唾《つばき》を飛ばす。

「ほら見やがれ。いねぇじゃねぇか」

「そんなはずないんだけどねぇ」

やれやれと、お染は行灯を夜具に近づける。

チョンチョンチョンチョン。引け四つの拍子木を打って回っているのは、喜助《きすけ》だろうか。そろそろ夜も深くなってきた。表座敷の客は、どうなっただろう。

こんなことを、している場合じゃないんだけどねぇ。

鼻から息を吐き出して、お染は枕元に膝をつく。いないと分かってはいるが、夜着をそっと持ち上げてみた。

ところが中に、なにか木切れのようなものが横たわっている。

「ヒッ！」

目を凝らし、それがなにかを悟ったとたん、お染は尻餅をついていた。

まさか。そんなこと、あろうはずがない。

そう思うのに、体は必死に夜具から遠ざかろうとしている。着物の裾が割れるのも構わずに、尻で這《は》うように下がってゆく。

「なんだ、どうした」

部屋の入口で待っていた甚五郎と辰吉《たつきち》が、揃《そろ》って中に駆け込んできた。お染は顔を背けつつ、布団の上を指差した。

「そこに、変なものが」

「なに。アッ、位牌だ」

やはり、そうだったか。甚五郎が布団の上に屈《かが》み込み、白木の位牌を「オイ」と辰吉に手渡す。これでもかと顔を近づけて、辰吉がそこに書かれた戒名を読み上げた。

「大食淫《たいしょくいん》好色信士《こうしょくしんじ》。アア、兄貴のだ！」

抜けた腰が、ぶるぶると震えている。目の前で起こっていることが、ちっとも腹に落ちてこない。

さっきまで間違いなく、ここに金蔵がいたっていうのに。

「アッシの懐から飛び出して、先に会いに来たんだなぁ」

辰吉が、おいおいと声を放って泣いている。なら金蔵は、本当に死んでしまったのか。

ドンと腰を突き飛ばした感触が、再び手によみがえる。

――わっちが、殺した。

震えが全身に伝わって、歯の根が合わない。寒い。寒くって凍えそうだ。

「どうなさった、お染さん。たしかに不思議ではあるが、そんなに怯《おび》えることたぁない。金公は、お前さんが恋しくて来ちまったんだなぁ」

甚五郎の、分厚い手のひらが肩を撫《な》でる。お染は瞬《まばた》きも忘れ、その顔を食い入るように見た。

恋しくて？　そんな理由なら、どんなによかったか。

海に突き落とされ、殺されたのだ。金蔵が、お染を恨みに思わぬはずがない。化けて出てきたというのなら、「恨めしや」のほうでなければおかしい。

「なんだい、どうも様子が変だな。どうした、お染さん。金公との間に、なにかあったのかい?」

金蔵に心中をふっかけておいて、自分だけがおめおめと生きている。それはお染と、喜助だけの秘密だ。墓場にまで持って行こうと決めていた。

「俺でよけりゃあ、わけを話してみてくんな。力になれることも、あるかもしれねぇ」

けれどもさすがは、親分と呼ばれるだけのお人だ。顔つきは恐ろしいのに眼差しが温かく、怯えて縮こまる心を包み込んでゆく。

「ああ、どうしよう親分さん。わっちときたら」

耐えきれず蠟《ろう》のように固まった手を伸ばしたら、優しく受け止めてくれた。

ぷつり。胸の中で、張り詰めていた糸が切れた音がした。


気がつけばこれまでの経緯を、洗いざらい打ち明けていた。

金蔵なら死んでも構わないと思ったこと、なかなか飛び込まないのに焦《じ》れて後ろから押したこと、金ができたので自分は死ぬのをやめたこと。

できれば黙っていたかった後ろめたい物事も、包み隠しはしなかった。

甚五郎は見世の大戸が閉まる音を聞きながら、「そうかい、そうかい」と最後まで聞いてくれた。金蔵とはよしみのある人だから、叱られるかと思ったが、「お前さんも、つらかったんだな」と逆に慰められた。

「でもな、自分がつらいからって、人を巻き込んでいいってぇ法はねぇんだ」

まさに、甚五郎の言うとおり。お染は何度も頷《うなず》いた。

「ええ、ええ。金蔵さんには、本当に申し訳ないことを」

我ながら、どうかしていた。落ち目の女郎の惨《みじ》めさに負け、挙句の果てに人を一人、死に追いやった。

己の身勝手が、金蔵の霊を呼んでしまったのだ。あんな死にかたでは、成仏できなくても無理はない。

「弱ったねぇ。今さら悔いたところで、金公はもう死んじまった。お前さんだけが生き残って、同じ見世で商売を続けてたんじゃ、あいつが恨む気持ちも分かる。こうして化けて出てきちまったからにゃ、お前さん、取り殺されちまうよ」

「そんな」

頭から血が引いてゆく。お染は甚五郎に縋《すが》りつく。

青白い顔をした金蔵が、日ごとに体を腐らせて、「お染ェ、お染ェ」と呼びにくる。口から鼻から蛆《うじ》を垂らし、「一緒に行こう」と袖を引く。そんな光景が脳裏にありありと浮かび、お染は「嫌っ！」と鋭く叫んだ。

「ああ、すまねぇ。怖がらせたな。金公が、どうにか浮かんでくれりゃいいんだが」

「助けて、親分さん。わっちはどうしたら」

「どうしたらと言われてもなぁ」

甚五郎は、坊主でもなんでもなく、鳶《とび》の頭だ。そんなことは分かっちゃいるが、頼りになるのはこの人しかいない。こんな不測の事態にも、騒がず慌てず、どっしりと構えている。

お染は祈る思いで、甚五郎の思案顔を見守った。

「そうだなぁ、たとえば髪は女の命と言うな」

お染の頭に目を遣りながら、甚五郎が「ウム」と頷く。

「ならこうしようじゃねぇか。髪を切りねぇ。根からプッツリと切って、いくらかの回向《えこう》をつけて寺へ納めるんだ。それでありがたいお経でも上げてもらったら、金公も浮かばれるだろう」

「そんな。髪を切っちまったら、商売にならないよ」

「それでも、取り殺されるよりゃあマシだろう」

お染は息をするのも忘れ、手を伸ばして己の髪を撫でてみる。

盛りを過ぎたとはいえ、まだまだ豊かな黒髪だ。女郎に売られてから、手入れを怠らず大事にしてきた。命の代わりになるものといえば、たしかにこれくらいしかない。

辰吉の胸に抱かれた位牌を横目に見て、お染は腹を決めた。

「分かりました」

頭に挿した簪《かんざし》や櫛《くし》を、手当たり次第に抜いてゆく。

「辰吉さんといったね。悪いけど、手伝っておくれでないかい。そこの鏡台に、剃刀が入っているんだよ」

「ヘッ、ヘエ」

一度こうと決めてしまったら、迷いはない。頭の後ろに手を回し、髷《まげ》に掛けてある丈長《たけなが》を解《ほど》く。すると根で一つにまとめた髪が、ひと筋の流れを作って落ちてくる。

艶《つや》やかな髪を垂らし、お染はその場で居住まいを正した。

金ちゃん、どうかこれで許しておくれね。

背後に剃刀を手にした辰吉が回ってくる。お染はそっと目を閉じ、手を合わせた。

「南無妙法蓮華経、南無妙法蓮華経」

甚五郎が傍《かたわ》らで手をすり合わせ、経文を唱えだす。

坊主も仏も糞食《くそく》らえと思ってきたが、もはや縋らずにはいられない。お染も「南無妙法蓮華経、南無妙法蓮華経」と声を合わせる。

「いいんですね、切っちまって」

「アア、ひと思いにやっとくれ」

「いきますよ」

辰吉が、根の下に剃刀を当てる。束になった髪が、ザリザリザリと切れてゆくのが分かる。

「南無妙法蓮華経、南無妙法蓮華経」

ふっと頭が、軽くなった。

ああ、切れた。

はらはらと、前髪や鬢《びん》の毛が頬に落ちてくる。よもや髪のほうでも、お染の頭から離れることがあるとは思ってもみなかっただろう。

辰吉が、切った髪を差し出してくる。黒い蛇のようにとぐろを巻くそれを見ても、不思議と心は穏やかだった。

体の熱が移り、毛束にはまだほんのりと温もりがある。添える金は、五両もあればよかろうか。すべて揃《そろ》えて、紙に包む。

「お染さん、お染さん。経文なんぞ唱えてなんだってんです。もし、お染さん」

廊下から、喜助が呼びかけてくる。引け四つの仕舞いを済ませてから、心配をして様子を見にきたのだろう。

「失礼します、開けますよ」

部屋に入ってきた喜助は、金蔵の代わりに見知らぬ男が二人、お染を取り囲んでいるのに気づいて身構えた。ましてや辰吉は、剃刀を握ったままだ。

「テメェ！」一足飛びに摑《つか》みかかろうとする喜助を、「およし！」止める。辰吉は、剃刀を放り出してうずくまった。

「ですがお染さん、こいつらは――」

辰吉と甚五郎を睨《にら》みつけてから、喜助がこちらに首を巡らせる。その目が、これでもかというほど見開かれた。

「どうなすったんです。髪が、ねぇ」

頭を打たれたかのように、喜助は右に左によろめいた。そのまますとんと、尻をつく。

「騒ぐんじゃないよ、喜助どん。髪は金ちゃんにくれてやるのさ」

お染は膝を進め、包みを甚五郎へと滑らせる。

己の身勝手が招いた因果だ。金蔵には、どうか安らかに成仏してもらいたい。畳に手をつき、深々と頭を下げた。

「親分さん、どうぞこれで、金蔵さんの供養をしてあげてください。わっちはここから動けぬ身。よろしくお頼み申します」

「ああ、よく思いきりなさった。これなら金蔵も、すぐにでも浮かんでくるだろうよ」

甚五郎は膝元に置かれた包みを取り上げる。そしてどういうわけだか、猪首《いくび》を伸ばして部屋の中をぐるりと見回した。

「オウ、金公。もういいぞ」

「ヘイヘイ」と、聞こえてきたのは金蔵の声だ。

部屋の隅に寄せてあった屏風の陰から、ひょっこりと顔が覗《のぞ》いた。

「ヒッ！」思わず息を呑《の》んだが、金蔵ときたら、へらへらと笑いながらおかしな身振り手振りで踊り出てくる。

こんな陽気な幽霊があるものか。

「金ちゃん。いやだお前さん、生きてるんだね」

ふっと胸のつかえが下りた。安堵《あんど》のあまり、口元に笑みさえ浮かぶ。

「いやだ、じゃねぇや。人を突き落としておいて、長々失礼もなにもあるもんか。まんまと髪を切らされやがって、ざまぁみろだ」

「アッ!」

そうだった。お染は慌てて、頭の後ろに手を当てる。根からばっさり切られた髪が、チクリチクリと指先を刺す。

「なんてひどい。騙《だま》したんだね」

「馬鹿言ってら。はじめに騙したのはお前ェじゃねぇか」

甚五郎も、辰吉もぐるだったのか。あんなに親身になっておいてと、口惜しさが込み上げる。

「どうしてくれるんだい。こんな頭じゃ客も取れない」

「お前さんがあんまり客を釣るからいけねぇんだ。テメェのしでかしたことを思い知ってもらおうと、ひとつ狂言を書かせてもらったってわけよ」

お染が歯ぎしりをしながら睨みつけても、甚五郎は飄々《ひょうひょう》としたものだ。自業自得と開き直る。

金蔵が、手を叩《たた》いて喜んだ。

「へへッ、そうさ。だからビクニにされちまったんだ」

「オイ、なんだと金公！」

お染の頭を見て腰を抜かしていた喜助が、息を吹き返した。床を蹴って立ち上がり、金蔵に摑みかかる。

衿《えり》を取られて締め上げられて、金蔵は目を白黒させた。

「イヤその、尼さんの比丘尼《びくに》と、釣り人の魚籠《びく》をかけた洒落《しゃれ》といいますか」

「面白くねぇんだよ！」

「アッ、死ぬ。ヤメテ」

なにをしているんだ、この男たちは。

頰に降りかかる髪の隙間から世を眺め、お染はゆらりと立ち上がる。

たしかにわっちは、人道にもとる行いをしたかもしれない。だけどお前さんたちだって、落ち目の女郎を寄ってたかって陥れて、なにが楽しいのか。

こんなやりようは、あんまりだ。

「死んでやる」と、喉の奥から声を振り絞った。

男たちが、ぎょっとして顔を上げる。なにを驚いていやがると、お染は笑った。

「どのみちこんな頭じゃ生きてはいけない。今度こそ、死んでやるよ」

背後の障子を思いきりよく開けて、廊下へと躍り出る。そのまま上草履も履かずに走りだした。

「お待ちなさい、お染さん」と、真っ先に追いかけてきたのは喜助か。

「お染ェ。すまねぇ、やりすぎた」金蔵も、負けじと追い縋ってくる。

「オイコラ、早まっちゃあいけない」少し遅れて、甚五郎と辰吉も。

寝床で睦《むつ》み合っていたはずの女郎と客までが、突然の騒ぎになにごとかと顔を出す。そんな中を、お染は白い脛《はぎ》も露《あら》わに駆け抜けてゆく。

「エッ、お染姐《ねえ》さん？」

廻《まわ》しの客の相手を終えて戻るらしいこはると、肩がぶつかった。

「すまないね」と言い置いて、お染は転がるように裏梯子を駆け下りて行った。

「聞いてくれ、俺ぁさすがに可哀想だと止めたんだ。でも親分が、思い知らせてやれって言うもんだからよぉ」

「やい金公、人のせいにすんじゃねぇ。テメェだって、そりゃあいいやと喜んでたじゃねぇか」

「お染さん、髢《かもじ》がある。今はいい職人もおりますから！」

「オーイ、オイラは巻き込まれただけなんだ。恨まねぇでくれ」

中庭に下りたお染を、男たちはそれぞれ好き勝手なことを口走りながら追いかけてくる。

髪がないせいか、頭が軽い。昨夜とは打って変わって空には月が出ており、足元も危なげない。このままどこへでも、走って行けそうな気がしてくる。

ざぶん、ざぶん。足を運ぶごとに、波の音が近づいてきた。

桟橋へと続く裏の切り戸は、幸い鍵が壊れたままになっている。身を打ち当てるようにしてそれを開け、石段を下りてゆく。

「お染さん」

「待てってんだよ」

それでも向こうは男の足。喜助と金蔵の声が、すぐ近くにまで迫ってきている。

お染は構わず桟橋を、全力で駆け抜けた。

さぁ、もうあと一歩で海へドボンだ。

その寸前に、端っこに突き出ていた杭を両手で摑む。

「エッ」

「ア？」

耳元を、間の抜けた声が行き過ぎてゆく。盛大な音と共に、水柱が二つ上がった。

杭を支えにくるりと体を反転させて、お染は元の桟橋へと降り立つ。やっと追いついた甚五郎と辰吉が、桟橋の手前で呆然《ぼうぜん》と立ち尽くしている。

こはるまでが切り戸のところに佇《たたず》んでいるのは、つられて追いかけて来てしまったのだろう。口元に手を当て、ことのなりゆきを見守っていた。

ばしゃりばしゃりと、水を叩く音に振り返る。海の中では金蔵が、尻だけ浮かべて溺れている。その隣では喜助が、ぽかんとした顔を水面《みなも》に突き出していた。

立ち上がれば、水はなんと腰までしかない。

驚いた。こんなに浅かったのかい。

そりゃあ、この海では死ねないはずだ。

朝な夕なに眺めてきたのに、妓楼《ぎろう》から出られぬ身では、海の深さも測れなかった。なんてつまらない落ちだ。月明かりの下でよく見れば、破れ傘や下駄といった芥《ごみ》まで浮いているではないか。

馬鹿馬鹿しいったら、ありゃしない。

ざんばらの髪が、海風に煽《あお》られる。長い夢から覚めたような気分だ。やけに清々《すがすが》しく、心地よい。頭の中に重苦しく居座っていた憂いまで、風に吹き飛ばされてゆくようだ。

「おい、お染。この性悪！　一度ならず二度までも、人を海へ落としやがって」

金蔵がようやく地に足をつけ、水を吐きながら怒っている。喜助はお染の無事を知り、泣きだしそうに顔を歪《ゆが》めた。

お染を死なすまいとして、必死に飛びついてきた二人だ。アンタらも馬鹿だねぇと思ったら、腹の底から笑いが込み上げてきた。

「ヘン、ざまぁ見やがれ。誰が死んでやるもんか！」

天を仰いで、呵々《かか》と笑う。男たちが気圧《けお》されて、たじろいでいる。

ああ、可笑しい。笑いが止まらない。

板頭《いたがしら》がなんだ、落ち目がなんだ。

そんなものはすべて、狭い妓楼《ぎろう》の中での話じゃないか。品川《しながわ》の水に馴染《なじ》みすぎて、すっかり分からなくなっていた。

年季が明けるまで、あと二年。

この先はもう、それ以外のことは考えるもんか。

お染はこはるにも聞こえるよう、めいっぱい声を張り上げた。

「いいかい、よく聞きな。わっちはなにがなんでも、生き抜いてやるんだからね」

そして大手を振って、ここから出て行ってやるのさ！


ざぶんざぶんと、聞き慣れた波の音がする。

この波が寄せてくる先を、いつかきっと見てやろうと思った。


（了）

【主な登場人物と関係図】

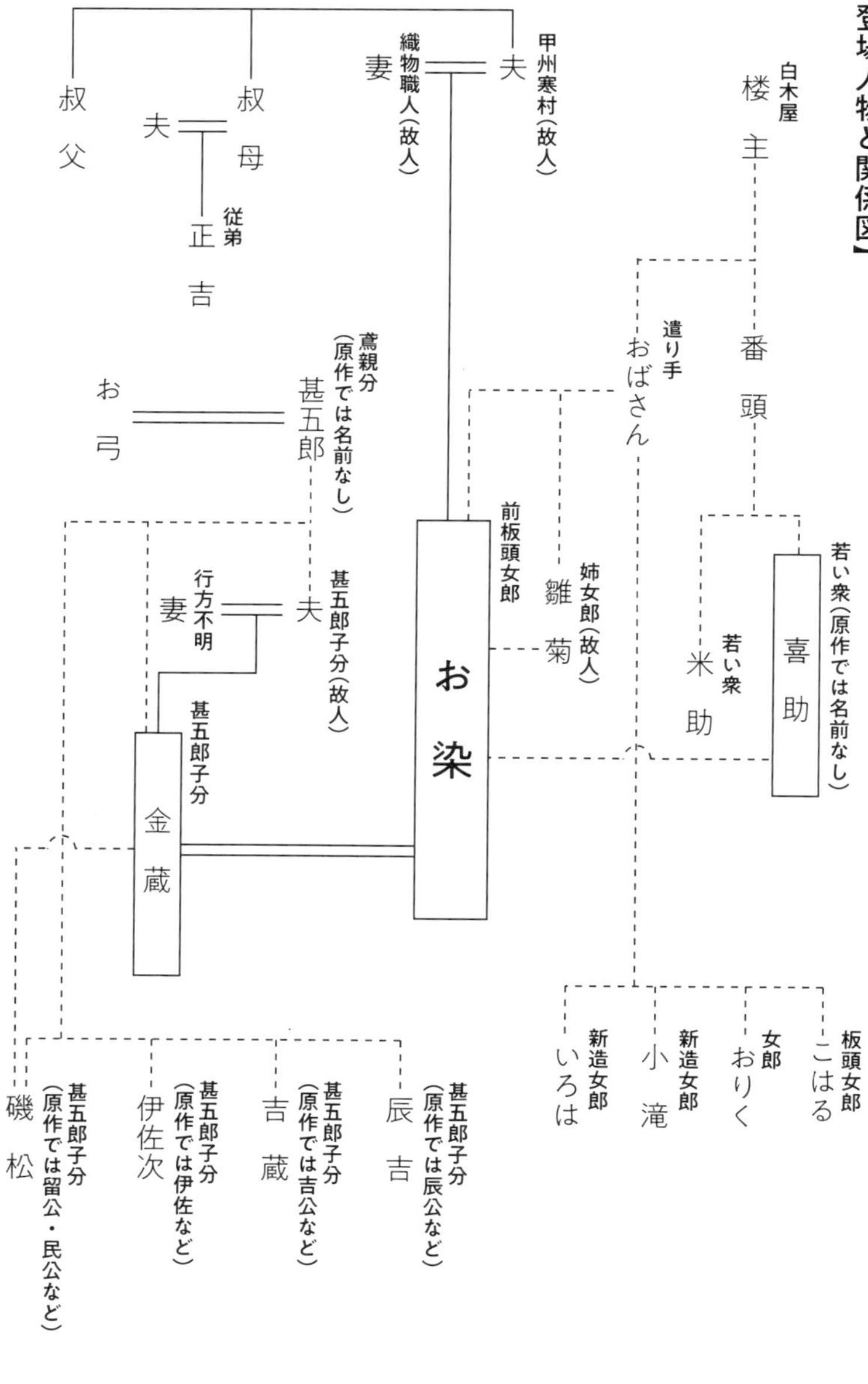

※お染、金蔵、喜助、甚五郎、甚五郎子分以外は小説オリジナルの人物です。

参考文献

『圓生百席（23）品川心中上下／死神』ソニー・ミュージックレコーズ
『柳家さん喬4 品川心中上下』ソニー・ミュージックジャパンインターナショナル
『幕末太陽傳』デジタル修復版
『江戸落語名作選』富田宏（編）金園社　一九八五年
『品川宿遊里三代』秋谷勝三（著）青蛙房　一九八三年
『江戸を賑わした色街文化と遊女の歴史』安藤優一郎（監修）カンゼン　二〇一八年
『日本髪大全』田中圭子 山本真紗子 中島悠子（著）誠文堂新光社　二〇一六年

解説

紋日《もんび》とは何か

「品川心中」が高座にかけられるときには、マクラで板頭《いたがしら》や紋日、品川新宿《しながわしんしゅく》についての説明が入ることが少なくない。

板頭は、一か月に稼いだ揚げ代がもっとも多かった遊女の名札が、いちばん最初に掲げられたことに由来し、特に吉原《よしわら》では御職《おしょく》と言っていた。

また紋日は、物日《ものび》から転じたものと考えられる。これは、衣替えをする移り替《かわり》の日のことと誤解されることがあるが、もともとは、日常と違ったハレの日を指す用語であり、年中行事や祝祭日、婚礼、葬式などの儀礼の行われる日全体を指す。こういう日には、紋付の晴れ着を着ることが多かったので、特に吉原などの遊里では紋日になったと言われている。

遊里では、この日遊女たちは必ず客を取らなければならないことになっており、揚げ代も特に高かった。たとえば国立国会図書館が所蔵する、寛政《かんせい》七〔一七九五〕年に蔦屋《つたや》重三郎《じゅうざぶろう》が刊行した吉原のガイドブックである『吉原細見《よしわらさいけん》』には、見返しに数多くの「もん日」が掲げられている（【図①】）。しかし、寛政の改革の時期に大幅に紋日の削減が行われており、特に幕末の『吉原細見』の類をたどっていくと、早稲田《わせだ》大学図書館が所蔵する玉屋《たまや》山三郎《やまさぶろう》版の『吉原細見』のように、「正月　松の内」「三月　三日四日」「五月　五日六日」「七月　七日十五日十六日」「八月　朔日」「九月九日」「十月二十日」としているものが一般的となる。

　この中で、特に、一月七日の「人日《じんじつ》」、三月三日の「上巳《じょうし》」、五月五日の「端午《たんご》」、七月七日の「七夕《しちせき》」、九月九日の「重陽《ちょうよう》」の「五節句」は重視されており、衣替えに当たる移り替を行うことになる。衣替えをして披露するとなれば、やはり多くのお金が必要になり、このことが「品川心中」という噺の発端になっている。

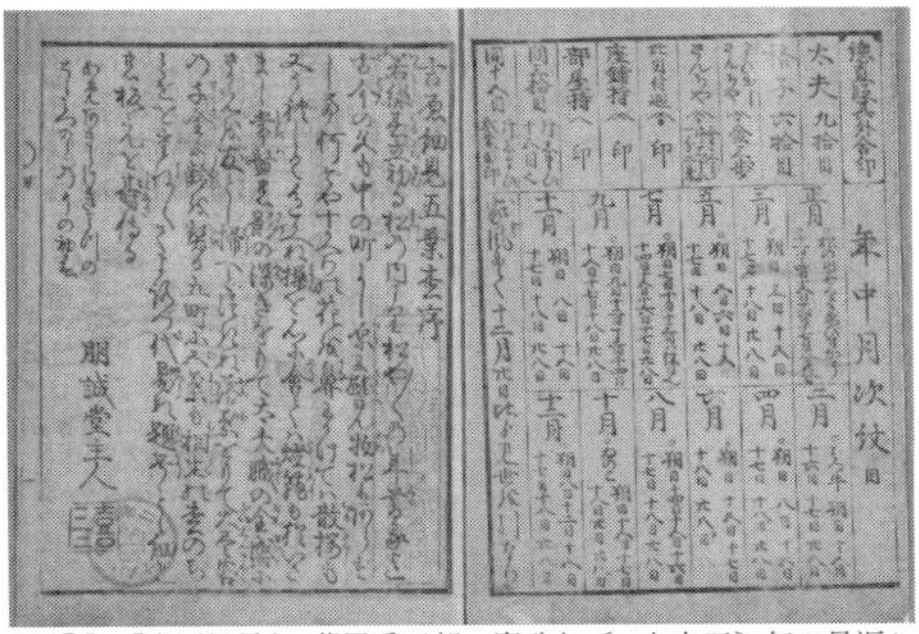
【図①】『吉原細見』、蔦屋重三郎、寛政七〔一七九五〕年の見返し

吉原と江戸四宿《ししゅく》

　品川新宿は、日本橋《にほんばし》から名古屋、京都へ向かう東海道において、最初の宿場町となる品川にある。

　江戸の遊廓といえば、まずは吉原が想起される。もともとは一六一七〔元和《げんな》三〕年に日本橋葺屋町《ふきやちょう》（現在の日本橋人形町《にんぎょうちょう》）に幕府によって許可されて設置されたものだが、それ以前に、初代将軍徳川家康《とくがわいえやす》が、隠居地である駿府《すんぷ》に広大な公娼の遊郭を設置していた。吉原の大半は、家康の死後、そこから江戸に移されたものだ。この元吉原《もとよしわら》は一六五七〔明《めい》暦《れき》三〕年の明暦の大火によって焼失し、浅草《せんそう》寺《じ》の裏手に移転を命じられることになった。この新吉原が、いわゆる吉原遊廓である。

　どうしても吉原というと、遊廓の中でも格式が高かったイメージがある。しかし実際には、十八世紀中頃の宝暦《ほうれき》年間〔一七五一～六四年〕に太夫《たゆう》と呼ばれていた最高位の遊女が置かれなくなり、花魁《おいらん》と呼ばれるようになってからは、すでにかなり大衆化していた。しかし、それでもやはり、公娼を抱える吉原という場所そのものが、他の岡場所とは違ってやはり格式の高い場所だった。

吉原がこのような状況になったのは、私娼を抱える岡場所（吉原以外で、許可を得ずに売春が行う店が集まっていた地域の総称）、街娼である夜鷹《よたか》が増えていたことや、町人たちが経済力をつけていったことで、客層そのものが変わっていったことが関与しているものと思われる。

宝暦年間には、垢すりや髪すきのサービスという名目で奉公していた湯女《ゆな》（後に、風呂屋女）や、飲食店の飯盛女《めしもりおんな》（食売女）の多くが、実際には客に音曲《おんぎょく》を提供したり、体を売ったりする私娼として働いていた。そうした岡場所として歴史もあり、大きかったのは江戸の東南の方角にあるので「辰巳《たつみ》」と呼ばれた、深川《ふかがわ》（現在の東京都江東《こうとう》区深川一帯）である。

このような岡場所が数多く生まれた結果、寛政の改革（天明《てんめい》七〔一七八七〕～寛政五〔一七九三〕年）で蒟蒻《こんにゃく》島（霊岸《れいがん》島）、千駄《せんだ》木《ぎ》、白山《はくさん》、市ヶ谷八幡前《いちがややわたまえ》などをはじめ五十五箇所、天保《てんぽう》の改革（文政《ぶんせい》十三〔一八三〇〕～天保十四〔一八四三〕年）で二十七箇所の岡場所が廃止されている。逆に言えば、そうした私娼窟が、江戸とその周辺には各地に点在していたことを示している。

そうした吉原以外の岡場所でもっとも大きく、色街として残っていくこととなったのが、江戸四宿と呼ばれる千住《せんじゅ》、板橋《いたばし》、内藤新宿《ないとうしんしゅく》、品川の岡場所だった。

千住は奥州《おうしゅう》道中と日光《にっこう》道中、板橋は中山道《なかせんどう》、内藤新宿は甲州《こうしゅう》道中、品川は東海道で旅をするときに、江戸にもっとも近い最初の宿場町である。これらの宿場は道中奉行によって管理されていたが、これらの宿場街にある料亭には、奉公人として女性を置くことが認められていた。

この江戸四宿の料亭にいた飯盛女について、吉原の遊女たちと同じく公娼、あるいは準公認の娼婦だったと記述されることがあるが、道中奉行によって認められていたのは飲食店に宿場の奉公人として給仕を行う女性を置くことまでである。そうした飯盛女が春をひさぐことはあくまで黙認されていたというのが実態であり、その意味で江戸四宿の遊廓は、制度上はあくまで私娼としての位置づけだったことになる。

品川新宿の隆盛

このような江戸四宿の中でもっとも人通りが多く、結果としてもっとも栄えていたのが、品川宿だった。

品川宿はもともと、港町として栄えていた品川湊の周辺に慶長《けいちょう》六〔一六〇一〕年に設置されたもので、目黒《めぐろ》川を境に北品川と南品川にわかれていた（【図②】）。この二つを

【図②】品川湊周辺の古地図（「五海道其外分間絵図並見取絵図」東京国立博物館所蔵）

合わせたものが、もともとの品川宿である。

さらに、品川宿のさらに北側、高輪《たかなわ》までのあいだに、宿場の歩行人足が控える宿場が広がっていった。ここが、一七二二〔享保《きょうほう》七〕年に「徒歩新宿《かちしんしゅく》」として認められる。この「徒歩新宿」が、北品川と南品川にかけての本来の品川宿に対して、俗に「品川新宿」と呼ばれた場所である。

その結果、これらをすべてあわせた東海道沿いの街が品川宿という位置づけになり、これは現在の京急《けいきゅう》本線・北品川脇にある踏切から、青物横丁《あおものよこちょう》駅の付近までに至る、旧東海道沿いにある商店街の全体に当たる。

たとえば、現在の北品川駅で京急本線を降り、旧東海道に入ってすぐ、東側の通り沿いに、「土蔵相模《どぞうさがみ》」の跡地が残されている（【図③】）。「土蔵相模」は、品川新宿でもっとも大きい食売旅籠《めしうりはたご》だった相模屋の俗称であり、海に面した奥座敷が土蔵になっていたことからそのように呼ばれた。一八六〇〔万延《まんえん》元〕年に桜田門外《さくらだもんがい》の変が起きたときには、井伊直弼《いいなおすけ》を討った水戸《みと》浪士たちがこの相模屋に泊まり、あるいは、伊藤博文《いとうひろぶみ》や高杉晋作《たかすぎしんさく》などの長州藩士たちが定宿にしていたという。

【図③】昭和初期の「相模楼（土蔵相模の焼失後に建設）」（昭和 4、『品川遊郭史考』より）

品川新宿で飯盛女を抱えた店のうち、この「土蔵相模」にいた女性たちだけが、吉原と同じように源氏名を名乗ったとされている。

そのため、「品川心中」に登場する白木屋《しろきや》の

【図④】歌川国貞（三代豊国）「其紫袖ヶ浦染　相模様源氏製」（品川区立品川歴史館所蔵）

娘とされているお染《そめ》は、源氏名ではなく本名で店に出ていることになる。

この「土蔵相模」もそうだが、東海道は東側すぐのところに東京湾が広がり、海に沿って店が軒を連ねるという街並みになっていた。初代歌川国貞《うたがわくにさだ》（一七八六〔天明六〕～一八六五〔元治《げんじ》元〕年、後の三代目歌川豊国《とよくに》）の浮世絵「其紫袖ケ《そのむらさきそでが》浦染《うらぞめ》／相模様源氏製《さがみようげんじせい》」【図④】は相模屋の座敷をモデルにしていると言われ、座敷のすぐ奥に海が広がっていることがわかる。

【図⑤】旧東海道から東側の路地を見ると下り坂になっており、海沿いの道だった名残が見える。

現在でも【図⑤】のように、旧東海道から東方向に抜ける路地は下り坂になっている。ここはかつて海だった場所の名残である。

また、明治期に設置された品川駅は現在の品川駅とほぼ同じ位置にあるが、ここが海沿いの駅だったことにも示されるように（【図⑥】）、旧東海道の東側が埋め立てられたのは、一九一二〔明治四十五〕年に隅田川口改良工事が始まって以降であり、このときに隅田《すみだ》川の底から浚渫《しゅんせつ》された土砂を使って、芝浦《しばうら》（現

【図⑥】海沿いの品川駅（明治22年頃）（『新日本鉄道史（上）』（1967年、鉄道図書刊行会）より

在の港南）地区の埋め立てが行われた。

こうした風光明媚な街としての品川は、いわば江戸からもっとも近い観光地の一つでもあり、「北の吉原　南の品川」と並び称されるほどの遊興の街として栄えることとなった。一七七二〔明和《めいわ》九〕年には、品川宿の飯盛女は五〇〇人まで（千住宿・板橋宿は一五〇人まで、内藤新宿は二五〇人まで）と定められているが、一五〇軒ほどあったとも言われる食売旅籠屋や水茶屋に、実際にはもっと多くの飯盛女が働いていた。天保の改革の末年である天保十四〔一八四三〕年には一三四八人の女性が幕府に捕らえられたと言われ、いかに栄えていたかがわかる。

こうした経緯から、品川宿は多くの戯作の舞台となっており、落語でも「居残り佐平《さへい》次《じ》」「品川の豆」、「棒だら」、そして「品川心中」の舞台となっていく。

「品川心中　上」の魅力

この品川新宿を舞台とし、遊郭を題材とした「廓噺《くるわばなし》」の代表作である「品川心中」は、非常によく知られた噺なので、改めて説明する必要もないかもしれない。

遊廓である白木屋で、お染はかつて板頭と呼ばれる筆頭女郎だった。けれども、彼女が年を取るにつれて客足も遠のき、紋日の移り替を控えているのに客がつかない。

移り替の日は、遊女たちが友人たちを集めて新しい着物を披露し、酒や御祝儀を振る舞うことがならわしになっていた。けれども、客がつかなければ、その準備をするための金を手に入れることすらもできない。

お染は、自分より若い遊女たちに馬鹿にされるのが悔しくて、いっそ死んでしまおうと考える。けれども、移り替に使う金ができなくて死んだと思われるのも、また悔しい。そこで、どうせ死ぬなら心中にしてしまおうと思ったお染は、店の帳面を眺め、馴染《なじ》みの客たちの中から心中の相手を探し始める。けれども、心中の相手はなかなかみつからない。

そこでやっとみつけたのが、人間はぼうっとしているし、身寄りも頼りもないという、中橋《なかはし》から通ってくる金蔵《きんぞう》だった。


金蔵とお染は心中をしようとするが、お染が金蔵を海に突き落とした直後、客が入って呼ばれたために、お染は座敷に戻ってしまう。金蔵は助かり、ボロボロの姿で親方のところに向かう。博打をしていた親方たちは大騒ぎになるが、武士だけが一人、悠然と座っている。さすがお侍だと周りの者たちが褒めると、実はその侍、腰が抜けていた。

ここまでが「品川心中　上」に当たる前半部分であり、現在でも数多くの落語家が高座にかけている。

かつては板頭まで昇り詰めながら、現在では若い遊女たちに馬鹿にされているお染が、周囲の目を気にしながらなんとか体面を保とうとした結果、心中を選ぶ。お染は心中を非常に安易に考えているが、相手を金蔵に決めるまでにぐずぐずと思い悩むときには、相手に親や妻がいないかどうかを気遣ってしまうという人情味のある一面も見せる。

一方で金蔵のほうは、ただの木偶《でく》の坊のように見える。しかし、貸本屋という商売から考えると、お染の心中相手とされるくらいの男性として設定されていることがわかる。

紙が高価だった江戸時代は本の値段が非常に高く、本は買って読むものではなく、貸本屋で借りて読むことのほうが普通だった。現代の視点から見ると非常に地味な商売に見えるかもしれないが、文化《ぶんか》五〔一八〇八〕年には江戸の町に六五六軒の貸本屋が存在していたという記録があり、数多くの顧客を抱えていた。金蔵の場合は背中に本を抱えた行商だが、それでもかつて品川にある店の板頭だったお染と遊ぶことができるくらいには、収入があったことになる。

変化し続ける落語としての「品川心中」

この「品川心中」には、よく知られた噺の続きがある。現在ではほとんど高座で演じられることがなくなってしまったため、こちらはあまり馴染みのない内容になっている。

お染との事件について金蔵が話すと、怒った親方は、金蔵が死んだことにしてお染に仕返しをしてやろうと考える。金蔵はお染のところに行って、気味の悪いことを言う。そのうち、金蔵の弟役を演じる子分の一人と親方がやってきたと店の者に呼ばれ、お染はいったん部屋を出る。二人は、金蔵の通夜に来てほしいというのだ。なんでも、金蔵の死体が上ったときに、お染との起請文が出てきたのだという。

しかしお染は、ついさっきまで金蔵と会っ

て話をしていたという。そこで、親方を連れて金蔵がいたはずの部屋に戻ると、そこに姿はない。その代わりに、金蔵の位牌《いはい》が蒲団の中に入っている。金蔵の幽霊が出たと怖がるお染。そこで親方が、金蔵は化けて出てきたのに違いないので頭を丸めたほうが良いと勧め、お染が本当に尼になってしまったところで金蔵が現れる。悔しがるお染にひとこと、「お前があんまり客を釣るから、魚籠《びく》にされたんだ」というのがサゲとなる。「釣る」の縁語である「魚籠にされる」の「魚籠に」が「比丘尼《びくに》」と掛詞《かけことば》になっており、いわゆる地口オチ（駄洒落で噺が終わること）になっている。

「品川心中　下」まで通しで演じていたのは、五代目古今亭志《ここんていし》ん生《しょう》（明治二三〔一八九〇〕～昭和四八〔一九七三〕年）や、二代目三遊亭圓歌《さんゆうていえんか》（明治二三〔一八九〇〕～昭和三九〔一九六四〕年）、六代目三遊亭圓生《えんしょう》（明治三三〔一九〇〇〕～昭和五四〔一九七九〕年）、十代目金原亭馬生《きんげんていばしょう》（昭和三〔一九二八〕～昭和五七〔一九八二〕年）など、昭和期の大看板でも非常に少なかったと言われている。

近年では、本書の監修を務めている柳家《やなぎや》喬太郎《きょうたろう》のほか、その師である柳家さん喬《きょう》、当代の六代目五街道雲助《ごかいどうくもすけ》や、三遊亭遊馬《ゆうば》、三遊亭兼好《けんこう》など、しばしば「下」まで通しの高座が見られるようになった。

また、七代目立川談志《たてかわだんし》（昭和一一〔一九三六〕～平成二三〔二〇一一〕年）は、サゲを「尼」と「海女」をかけたものに変更しており、これは「魚籠」や「比丘尼」という言葉が現代においては通じないという判断からであろう。このようにサゲを変更して高座にかける形は、弟子の立川志《し》らくにも引き継がれている。

「品川心中」の成立は定かでなく、もともと三遊派に古くから伝わっていた噺であり、明治期の中頃にはすでに上下にわけて演じられていたとされている。

一方で、明治期に刊行されていた落語速記の専門誌『百花園《ひゃっかえん》』において、明治二十三年に初代三遊亭圓遊《えんゆう》（嘉永《かえい》三〔一八五〇〕～明治四〇〔一九〇七〕年）が演じた「入《い》れ髪《がみ》」という噺がある。これは、落語「星野屋《ほしのや》」とほぼ同じ筋になっている。「星野屋」は、星野屋平蔵《へいぞう》が水茶屋「桜木《さくらぎ》」で馴染みのお花《はな》という女とともに隅田川にかかる吾妻《あずま》橋で心中しようとするが、星野屋だけが飛び込んで、お花が逃げてしまったところ、死んだはずの星野屋に仕返しをされるという内容になっている。

この噺は、六代目春風亭柳橋《しゅんぷうていりゅうきょう》（明治三二〔一八九九〕～昭和五四〔一九七九〕年）が得意としていたことで知られており、小佐田定《おさださだ》雄《お》が脚色したものを桂文珍《かつらぶんちん》が演じている。この「星野屋」のサゲは、『初音《はつね》草咄《ぐさはなし》大鑑《おおかがみ》』巻一（元禄十一〔一六九八〕年刊）に収められた「恋の重荷にあまる知恵」に見られるものであり、噺の内容は大きく異なっているものの、少なくとも関係性は指摘できるだろう。

また、明治期の漢学者である石川鴻斎《いしかわこうさい》が、若かった頃に集めた各地の説話を漢文で記録した『夜窓鬼談《やそうきだん》』（明治二二〔一八八九〕年）に収めた「偽情史」と、「品川心中」「星野屋」との類似性も指摘することができる。おそらく、「入れ髪」や「星野屋」のほうが「品川心中」よりも古い型だと思われるが、「品川心中」はこのように似たような噺や説話が多くある中で、さまざまな内容が切り貼りされ、完成していったものだと考えられる。

　このように、古くからある噺が、時代にあわせて少しずつ変化していくというのも、落語の姿の一つである。「品川心中」において、七代目立川談志がサゲを変化させたことや、柳家喬太郎が非常に愛嬌のある女性としてお染を演じるあり方は、常に変化し続ける落語という演芸の一側面を垣間見せるものと言えるだろう。

坂井希久子版「品川心中」

　本書、坂井希久子版の「品川心中」は、お染の生い立ちから物語を説き起こしている。

幼い頃に母親と死に別れ、父を事故で殺されたお染は、叔父と叔母によって四両二分という金で女衒《ぜげん》に売り渡され、品川に辿《たど》り着いて白木屋で奉公するようになる。

　年を経て客がつかなくなった彼女は、潮風で肌を傷めることを気にして糠袋《ぬかぶくろ》で肌を磨き、姉女郎の雛菊《ひなぎく》との関わりを思い起こす。そして、彼女の周囲にいる若い女郎たちの冷ややかな反応や、自身を慕ってくる妹女郎で今の板頭であるこはるに対して、六年も板頭を務めてきたというプライドをうかがわせる。

　落語でこの噺が演じられるときは、どちらかというと軽いノリで心中を決め、頼りない金蔵を振り回していくお染を語っていくことで滑稽さを生み出していくことが多い。

　それに対して坂井版「品川心中」は、心中の直前でも、風呂場でおりくとやりとりし、金蔵が用意した練絹《ねりぎぬ》の死装束を身にまとって嬉《うれ》しさを垣間見せ、一人の女性として生きながら多様な側面を持つお染を描き出していく。

一方の金蔵も、幼い頃に親を亡くし、鳶《とび》職《しょく》の甚五郎《じんごろう》親分に育てられるが、鈍くさくて同じ職には就けない。そのため、子どもたちに馬鹿にされ、犬に怯《おび》えながら、貸本屋で金を得ては博打と女に溶かしている。

また、こはる、喜助《きすけ》といった本小説オリジナルの人物たちにも、それぞれに、品川という地に辿り着いた理由がある。その中でも、人間らしく過ごしていくことが、遊廓で生きる人間たちの生き方だ。

古典落語を現代の時代小説に適応《アダプト》させて翻案するというのが、奥山景布子《おくやまきょうこ》『小説　真景累ヶ淵』に始まるこの古典落語シリーズのコンセプトである。坂井希久子版の「品川心中」は、その中で、このようにどこかウェットな空気をまといながら、現代に生きる女性にも通じるようなリアルな人間たちのドラマを作りだした。また、お染の心中をめぐる騒動を、お染、金蔵、喜助をはじめさまざまな人物たちの視点から描くことによって、物語に奥行きを作りだしている。

こうした物語だからこそ、「下」に当たる金蔵たちによる復讐劇のオチは、落語とはまったく違ったものとなっている。原作の「魚籠《びく》に」が「比丘尼」になるという洒落の扱いも含めて、ぜひ読者の目で確かめてほしい。


（大橋崇行）

本書は『品川心中 上・下』をもとにした書き下ろしです。

●著者略歴

坂井希久子（さかい・きくこ）

和歌山県生まれ。同志社女子大学学芸学部日本語日本文学科卒業。2008年に「虫のいどころ」で、オール讀物新人賞、『ほかほか蕗ご飯 居酒屋ぜんや』で歴史時代作家クラブ賞新人賞を受賞。著作に『居酒屋ぜんや』シリーズ（角川春樹事務所）、『リリスの娘』（光文社）、『虹猫喫茶店』（祥伝社）、『ハーレーじじいの背中』（双葉社）、『17歳のうた』（文藝春秋）、『妻の終活』（祥伝社）などがある。

●解説

大橋崇行（おおはし・たかゆき）

新潟県生まれ。東海学園大学准教授。文学博士。近現代文学研究のほか、作家としても活躍。

小《しょう》説《せつ》品《しな》川《がわ》心《しん》中《じゅう》

二〇二一年三月二十五日　初版発行

著者　坂井希久子

発行所　株式会社 二見書房

東京都千代田区神田三崎町二-十八-十一

電話　〇三（三五一五）二三一一［営業］

〇三（三五一五）二三一四［編集］

振替　〇〇一七〇-四-二六三九

印刷　株式会社 堀内印刷所

製本　株式会社 村上製本所

落丁・乱丁本はお取り替えいたします。

定価はカバーに表示してあります。

本作品に関するご意見、ご感想などは

〒一〇一-八四〇五

東京都千代田区神田三崎町二-十八-十一

二見書房　小説古典落語編集部　まで

ISBN978-4-576-21031-5　https://www.futami.co.jp/

小説

らくだ

並木飛暁／監修 桂 文治

一緒にいることこそが、
不幸せでは
ありませんか？

978-4-576-20191-7
￥1400円（税別）

小説

西海屋騒動

谷津矢車／監修 柳亭左龍

てめえらは、
何度俺から奪えば
それで気が済むんだ。

978-4-576-21016-2
￥1500円（税別）

小説　古典落語

○小説　真景累ヶ淵
奥山景布子／監修　古今亭菊之丞
978-4-576-20151-1
￥1400円（税別）

○小説　牡丹灯籠
大橋崇行／監修　柳家喬太郎
978-4-576-20170-2
￥1400円（税別）

○小説　らくだ
並木飛暁／監修　桂文治
978-4-576-20191-7
￥1400円（税別）

○小説　西海屋騒動
谷津矢車／監修　柳亭左龍
978-4-576-21016-2
￥1500円（税別）

○小説　品川心中
坂井希久子／監修　柳家喬太郎
978-4-576-21031-5
￥1400円（税別）

○印は既刊